Recueil de Nouvelles

Valse

Volume 2

Valse

Volume 2

Manon Lilaas

© 2023 Manon Lilaas

Édition : BoD – Books on Demand, info@bod.fr
Impression : BoD – Books on Demand,
In de Tarpen 42, Norderstedt (Allemagne)
Impression à la demande

ISBN : 978-2-3220-1082-0
Dépôt légal : Janvier 2023

*À chacun de ceux qui m'ont encouragée,
qui m'ont permis de me dépasser, et qui, à leur manière,
sont aussi derrière ce livre.*

*À l'une des plus merveilleuses personnes que je connaisse,
celle de qui l'avis est le plus important à mes yeux,
ma petite sœur.*

*À ce groupe fabuleux qui me donne le courage d'avancer
en gardant le sourire.*

Du même auteur…

Romans :
Du bout des doigts 1 (août 2021)
Du bout des doigts 2 (octobre 2021)
À la croisée des suicides (novembre 2021)
L'étoile de Noël (novembre 2021)
Boy's love Café 1 (février 2022)
Boy's love Café 2 (avril 2022)
Dans l'ombre de sa folie (juin 2022)
Boy's love Café 3 (juillet 2022)
Boy's love Café 4 (octobre 2022)
Rookie Games (octobre 2022)
Boy's love Café 5 (novembre 2022)

Recueils de nouvelles :
Sonate (mai 2021)
Symphonie (mars 2022)
Valse (juillet 2022)
Opérette (septembre 2022)
Symphonie 2 (octobre 2022)

Avant-propos

Ces nouvelles sont, à l'origine, des récits postés sur la plateforme d'écriture Wattpad. Il s'agit de fanfictions, de fait il m'a fallu modifier les noms des protagonistes. En revanche, puisque je suis une personne fainéante, je les ai modifiés, mais sur l'ensemble de mes recueils. Autrement dit, il y a des noms qui reviennent dans plusieurs récits, même si ces derniers n'ont aucun lien les uns avec les autres.

Le Jihwan de « Au-delà des apparences », par exemple, n'est pas celui de « Jusqu'au bout », texte qui apparaît dans mon recueil *Sonate*. Il n'y a aucune continuité entre ces histoires.

Je m'excuse et espère quand même que cela ne sera pas une gêne lors de votre lecture, que je vous souhaite agréable. De même, j'espère que vous ne serez pas dérangés par de trop nombreuses fautes : j'ai tout corrigé moi-même, j'ai fait de mon mieux. ♥

Au-delà des apparences

Kyunghoon frémit en quittant sa chaise. Peu à l'aise devant le policier face à lui, il s'inclina puis fila sans demander son reste.

Le jeune homme, en vérité, n'avait rien à se reprocher. S'il se trouvait dans le bureau d'un des fonctionnaires du commissariat de Séoul, c'était pour la seule et bonne raison qu'il était venu attendre son frère aîné à la sortie du travail. On l'avait fait patienter dans le bureau de ce dernier jusqu'à ce qu'un des collègues de Seuljae entre pour annoncer à son cadet que celui-ci ne reviendrait pas avant un moment, occupé avec une affaire qui risquait bien de le retenir jusqu'à la tombée de la nuit… comme d'habitude, avait alors songé Kyunghoon en quittant la pièce.

Depuis que Seuljae avait aidé à résoudre une enquête complexe alors qu'il avait à peine intégré ce prestigieux service, il était demandé sur nombre de dossiers. Aussi perspicace que psychologue, il possédait un talent inné pour comprendre les coupables et leur mettre le grappin dessus. Kyunghoon l'admirait, malheureusement son métier lui prenait désormais tant de temps qu'il ne lui accordait plus une seconde, à lui qui l'avait soutenu contre vents et marées quand d'autres riaient en prétendant que Seuljae ne parviendrait jamais à rien.

Il s'était accroché, et il leur avait prouvé, à ces langues de vipères, qu'elles pouvaient aller cracher leur venin ailleurs. Premier de sa promotion, Seuljae était à présent un jeune homme respecté, et si Kyunghoon se sentait plus fier de lui que jamais, il se désolait malgré tout de vivre seul dans une chambre équipée de deux lits.

Après avoir repoussé derrière son oreille une mèche un peu trop longue de ses cheveux bruns, il enfila sa veste qu'il s'était contenté d'attraper en partant à la va-vite. Le vêtement soulignait sa silhouette impressionnante, taillée par des années de sport, et qui contrastait avec son visage d'une incomparable douceur — et les deux adorables fossettes qui creusaient ses joues dès lors qu'il souriait.

La mine chagrinée, il traversa les couloirs qu'il connaissait par cœur et regagna l'entrée du commissariat. Il s'apprêtait à franchir la porte devant lui quand des éclats de voix le tirèrent de ses songes.

« Et vous allez rien faire !

— Je suis désolée monsieur, mais vous ne pouvez rien faire de plus que déposer une main courante ou une plainte.

— J'ai des bleus partout ! Je saigne encore !

— Oui, donc vous pouvez déposer plainte contre la bande que vous accusez.

— Ils ont encore mon sang sur leurs phalanges !

— Alors portez plainte.

— Je veux pas porter plainte, merde, je veux qu'ils soient interpellés tout de suite ! J'ai déjà porté plainte, vous avez rien fait ! Bougez-vous, faut pas qu'ils puissent s'en prendre à d'autres !

— Je n'apprécie pas ce ton, jeune homme.

— Putain mais ça fait cinq fois rien que ce mois-ci que je viens ! Chaque fois ça sert à rien ! Quand je crèverai, ma dernière volonté sera que mon putain de cadavre mutilé reste en plein milieu de cette pièce pendant toutes les années que votre incompétence a ajoutées à mon calvaire !

— Monsieur, je vais vous demander de sortir.

— Allez vous faire foutre, salope ! »

Bouche bée, Kyunghoon observa l'inconnu passer devant lui, l'air courroucé. C'était un garçon d'une vingtaine d'années, à peu près son âge, donc. Son visage paraissait tracé par un artiste : des traits fins, sublimes, des yeux en amande, un nez parfait qui menait jusqu'à une bouche qui retenait l'attention par son épaisseur. Plus petit que Kyunghoon, ce jeune homme néanmoins s'avérait si furieux que sa beauté ne se remarquait plus. Ses prunelles noires brillaient d'un éclat tel qu'on jurerait que des éclairs allaient en jaillir pour frapper le commissariat.

Mais que dire de sa beauté, quand la violence la bouleversait de cette manière ? La lèvre inférieure fendue, un hideux coquard à l'œil gauche, un bleu à la pommette, et du sang qui s'échappait par gouttelettes. Aucun doute : des brutes venaient de le passer à tabac.

Outré par les propos de la femme qui avait accueilli – si le mot convenait – ce pauvre innocent, Kyunghoon n'hésita qu'un bref instant avant de se lancer à sa suite. L'autre marchait d'un pas rapide, si bien qu'il peina à le rattraper.

« Eh, attends ! »

L'inconnu se retourna et le dévisagea. Sa colère ne s'était pas encore estompée, si bien que Kyunghoon ne sut pas comment l'aborder.

« J-Je suis désolé, commença-t-il d'un ton hésitant, je… au commissariat, elle… de toute façon, je l'ai jamais appréciée, elle est toujours… enfin… je… »

Kyunghoon s'interrompit quand, face à lui, l'autre le fixa avec une mine ahurie avant d'exploser de rire. Et son rire, ciel, il fallait l'enregistrer pour ne jamais perdre une telle merveille !

« Oui, bien sûr, j'ai tout compris, gloussa-t-il après plusieurs secondes passées à s'esclaffer. T'es toujours aussi éloquent ou c'est mon visage qui te perturbe ?

— N-Non, c'est… désolé, soupira Kyunghoon en rassemblant ses idées. Je voulais juste te dire que cette femme est un monstre. Les jours où elle bosse, on sait que ça finira au moins une fois comme ça avec un plaignant. Tu serais arrivé avec un couteau planté dans le cœur qu'elle aurait répliqué que t'aurais très bien pu te l'enfoncer toi-même. »

Le garçon gloussa à ces mots, son regard pétillait de malice.

« T'es flic, toi ? Tu peux m'aider ? demanda-t-il avec dans la voix un espoir que Kyunghoon fut peiné de décevoir.

— Moi, non, admit-il, mais mon frère, oui.

— Est-ce que tu pourrais lui parler ? Y a ces garçons qui vivent dans ma rue, et... quand on se croise... ça finit toujours comme ça, soupira-t-il en retrouvant une moue triste tandis qu'il baissait la tête. J'en ai marre, mais je peux pas me défendre...

— Ils sont combien ?

— Quatre.

— Et ils t'attendent devant chez toi ?

— Non, ils traînent dans un parc pas loin, mais je suis obligé de passer devant pour aller prendre mon bus.

— T'habites où ?

— À deux rues d'ici, par là-bas, indiqua-t-il en tendant l'index.

— Et t'es à la fac ?

— Ouais.

— J'habite un peu plus loin, c'est un pote qui m'amène à la fac le matin et on s'attend pour rentrer ensemble, le soir. On pourrait passer te prendre, et dès ce soir je demande à mon frère de se renseigner sur cette bande.

— C'est vrai ? Ce serait possible ? Ça te gêne pas ?

— T'es sur notre chemin, ça nous fera pas faire un grand détour, et mon frère s'est déjà disputé plein de fois avec cette sorcière à l'accueil, alors il t'aurait pas laissé partir sans rien faire. Je lui en parlerai, sois-en sûr.

— Merci beaucoup ! Euh... c'est quoi ton nom ?

— Cho Kyunghoon, et toi ?

— Kang Jihwan, j'ai vingt-deux ans ! se présenta-t-il.

— Moi vingt-trois, enchanté. Je peux te raccompagner, pour aujourd'hui ?

— T'inquiète, ça ira.

— T'es sûr ?

— Ils me frappent jamais deux fois dans la même journée. Et puis, au pire, je suis solide… et habitué.

— Comme tu le sens. Je te laisse mon numéro, envoie-moi ton adresse, que je la donne à mon pote.

— Merci beaucoup, Kyunghoon, vraiment. »

La reconnaissance et la douceur que portait sa voix réchauffèrent le cœur de l'aîné qui lui accorda son plus charmant sourire. Les deux jeunes gens se saluèrent et se séparèrent. À peine son cadet parti, Kyunghoon sortit son smartphone de son sac de cours qu'il avait gardé en passant au commissariat. Il sélectionna un premier contact.

Kyunghoon – Salut mon frère adoré ! Faudra qu'on discute quand tu rentreras ce soir.

Puis il en changea pour ouvrir une seconde conversation.

Kyunghoon – Dis, tu pourrais me rendre un tout mini service ?

Il ne s'étonna pas de recevoir la réponse de son ami très vite – Seuljae en revanche ne répondrait que d'ici quelques heures, pas avant.

Yejun – Si le service est vraiment tout mini, ouais, aucun souci.

Kyunghoon – Un petit détour et un passager en plus dans ta voiture tous les jours, ça te dérange ?

Yejun – Ça dépend qui est le passager supplémentaire…

Kyunghoon – Un gars que j'ai rencontré au commissariat. Y a une bande pas loin de chez lui, quand il passe prendre son bus, qui le harcèle. T'aurais vu son visage…

Yejun – Et t'es sûr qu'il dit vrai ?

Cette question lui rappela la sorcière qui avait presque viré Jihwan du commissariat.

Kyunghoon – Il aurait pas menti aux flics auxquels il a parlé, faudrait être super con pour faire ça. Je resterai à côté de lui dans la voiture, si ça peut te rassurer.

Yejun – Mouais, on peut tenter, mais c'est bien parce que c'est toi. Et tu garderas un œil sur lui.

Kyunghoon – Promis, hyung[1], t'es le meilleur !

Le jeune homme savait que si Yejun détestait une chose, c'était bien de laisser monter des étrangers à bord de son véhicule. Peu à l'aise avec autrui, Kyunghoon aurait même juré qu'il se serait montré plus réticent. Une chance qu'il ne parvienne pas à lui résister !

À peine quelques instants plus tard, Kyunghoon reçut d'un numéro inconnu une adresse. Il enregistra Jihwan dans ses contacts et lui répondit avec joie. Ce garçon au sourire adorable le mettait de bonne humeur avec son optimisme.

Rentré chez lui, Kyunghoon s'installa dans son lit en soupirant. Il partageait un charmant studio avec son aîné qui finançait le loyer complet. De cette façon, le cadet se concentrait sur ses études de littéra-

---

[1] *Terme utilisé par un garçon pour désigner un garçon plus âgé que lui de qui il se sent proche (un frère, un ami, etc).*

ture sans chercher de travail. Son frère lui assurait la réussite, et s'il lui en était reconnaissant, Kyunghoon regrettait malgré tout que son métier l'accapare à ce point.

Tout à ses cours, il ne vit pas le temps passer, et quand il entendit la porte s'ouvrir sur Seuljae, il s'aperçut qu'il n'avait toujours pas dîné.

« C'est moi ! lança avec un ton théâtral le nouveau venu. Comment s'est passée la journée ?

— Hyung ! »

Kyunghoon, ravi de le retrouver enfin, fila l'étreindre. Seuljae, du haut de son mètre quatre-vingt-deux, s'avérait pourtant à peine plus grand que lui, toutefois ses épaules larges et son physique sportif lui donnaient un air plus imposant en dépit de la silhouette musclée de Kyunghoon. Comme lui en revanche, il arborait un visage angélique, des traits d'une douceur inouïe, et s'il n'avait pas hérité des fossettes de leur père, il possédait néanmoins les lèvres charnues de leur mère. Sa beauté délicate lui avait valu maintes critiques et expliquait en partie le harcèlement qu'il avait subi : un garçon si élégant et efféminé, personne ne l'imaginait rejoindre la police. Son unique soutien, son petit frère, lui avait permis de ne jamais perdre son objectif de vue.

Une brève accolade plus tard, Kyunghoon lui résuma sa journée sans oublier de lui parler de Jihwan. Son aîné grimaça.

« Quelle conne, cette hôtesse d'accueil. J'aurais été là, elle se serait pris une de ces pluies d'insultes !

— Franchement, dans la salle, plus personne ne parlait, on savait pas quoi dire tellement on était choqués, opina Kyunghoon. Mais du coup, le pauvre est reparti sans aucune aide, et il peut pas se défendre face à quatre mecs. Il est pas très grand et plutôt frêle, c'est pour ça que j'ai proposé que Yejunhyung l'amène, le temps que tu trouves une solution.

— Aucun problème, je m'en charge. Faudra que tu me donnes son numéro pour que je puisse le contacter, et je verrai avec un collègue s'il peut prendre sa plainte. De mon côté, je m'arrangerai pour qu'elle soit traitée au plus vite. Je supporte pas les gens qui s'en prennent à plus faible qu'eux, » rumina Seuljae – et il en savait quelque chose, lui qu'on avait harcelé pendant des années dans le silence le plus total.

Kyunghoon sentit ses yeux briller d'admiration, et il adressa un large sourire à son frère, reconnaissant pour son soutien. Enchanté par cette promesse, il se hâta d'annoncer la bonne nouvelle à Jihwan qui, ravi, le gratifia de mille remerciements et en vint même à bénir la sorcière de l'avoir jeté du commissariat.

« Tu parles avec qui ? s'enquit Seuljae.

— Avec Jihwan, » répondit Kyunghoon sans écarter son regard de son écran.

Désormais tous les deux à table, ils dînaient en silence devant la télévision qui diffusait les vidéos YouTube choisies par les deux jeunes gens. Seuljae laissa un rictus malicieux poindre sur son visage.

« Ah, je comprends mieux, maintenant…

— Hein ? demanda Kyunghoon en relevant une mine surprise sur lui.

— Dis-moi, il est mignon, ce Jihwan ?

— P-Pourquoi tu demandes ça ?

— T'as bégayé ! Je le savais ! s'exclama Seuljae d'un air victorieux. Oh mon dieu, un coup de foudre au commissariat, un garçon fragile que mon puissant Hoonie doit défendre ! Je fonds, j'adore ! C'est trop mignon ! Il est gay aussi ? Il…

— Stop ! » l'arrêta son frère d'une voix forte mais dépourvue de colère.

Kyunghoon mordit son sourire pour s'éviter un embarras supplémentaire. Bien sûr que Seuljae savait qu'il était attiré par les garçons. Son frère était même le seul au courant, le jeune homme n'avait jamais osé en parler à qui que ce soit, mortifié à l'idée qu'on le rejette pour ce que certains considéraient comme une immense humiliation. Seuljae représentait la fierté de la famille, il ne souhaitait pas jeter une telle honte sur lui qui s'était donné tant de mal pour réussir. Kyunghoon préfèrerait encore ne jamais connaître l'amour plutôt que de réduire à néant les efforts de Seuljae.

Il avait d'ailleurs hésité un long moment avant de lui avouer cette orientation dont il ne décidait pas. Parce qu'il vivait depuis déjà deux ans avec son aîné qu'il avait beaucoup soutenu – ce qui les avait rapprochés –, un jour il avait admis sa sexualité, le suppliant ensuite de ne pas lui en vouloir pour ce secret. Seuljae, bouleversé par la peur qui émanait de son cadet, l'avait enlacé sans attendre en lui assurant qu'il se moquait bien du sexe de la personne qu'il aimerait, tant que leur affection serait sincère et lui apporterait le bonheur.

Fragilisé par sa crainte qui s'envolait tout à coup, Kyunghoon avait poussé un soupir tremblant en le remerciant.

« J'attends ma réponse, jubila Seuljae.

— Oui, il est mignon, et alors ?

— À peu près ton âge, plutôt mignon, de type damoiseau en détresse... j'aime beaucoup ce début d'histoire, on dirait un conte !

— Hyung, tu racontes n'importe quoi, tu me fais honte...

— Oh allez, déride-toi un peu ! Mais du coup, tu sais pas si lui aussi aime les mecs ?

— Aucune idée, non.

— Et il est vraiment si mignon que ça ? C'est pas fréquent, chez toi, un coup de cœur...

— Je sais pas, il dégage un truc vraiment spécial. Sa façon de bouger, son visage magnifique même tuméfié, son sourire à se damner... et il a l'air super gentil. J'aimerais beaucoup le connaître un peu mieux.

— Je vois... eh bien dans tous les cas, je ferai ce que je peux pour lui venir en aide, compte sur moi ! Ton copain ne risque plus rien !

— C'est pas mon copain, c'est même pas mon ami, c'est à peine une connaissance, râla Kyunghoon.

— Oh la la, toi et ton petit caractère. »

Le cadet retrouva sa bonne humeur à ces mots et roula des yeux d'un air faussement dépité. Seuljae se chargea de la vaisselle, de sorte qu'il retourne au plus vite à ses révisions.

Au matin du lendemain, Kyunghoon s'apprêta en vitesse afin de ne pas risquer de mettre Yejun en retard. Ce dernier arriva à l'heure habituelle et se gara en bas de l'immeuble habité par les deux frères. Kyunghoon salua Seuljae et fila rejoindre son ami qu'il salua à son tour. Yejun lui adressa un sourire et le laissa monter à l'arrière.

Plus âgé que lui d'un an, c'était un jeune homme calme, discret, mais toujours très doux. Son honnêteté n'avait d'égal que sa gentillesse. Plus petit que Kyunghoon, sa stature fragile s'oubliait très vite dès lors qu'il parlait : sa façon de s'exprimer très franche, son ton parfois sec voire cassant, et le charisme qui émanait de sa personne suffisaient à lui permettre de s'imposer, même face à des garçons plus massifs que lui. Plus d'une fois certains avaient tenté de l'intimider, et chaque fois Yejun avait réussi à les écraser comme les misérables fourmis qu'ils représentaient à ses yeux. Son caractère affirmé plaisait beaucoup à son ami qui, pour sa part, ne s'était jamais risqué à le mettre en colère.

« J'ai envoyé un message à Jihwan pour le prévenir qu'on allait bientôt arriver, indiqua Kyunghoon. Il commence pas à huit heures, mais ça l'arrange, il ira sûrement bosser à la bibliothèque.

— D'acc. »

Toujours aussi peu loquace qu'à son habitude, Yejun redémarra et, à peine quelques minutes plus tard, s'arrêta de nouveau. Ils se trouvaient devant une charmante demeure dans le jardin de laquelle un jeune homme jouait avec un doberman. Kyunghoon le reconnut aussitôt, et son cœur bondit dans sa poitrine face à la joie qui se dégageait de cette scène attendrissante. Jihwan le serrait dans ses bras, chahutait avec lui, et l'animal poussait des jappements ravis.

Quand il aperçut la voiture, Jihwan leva la tête et, en découvrant Kyunghoon à l'intérieur, il se redressa en tendant l'index vers la maison pour ordonner à son chien de rentrer. Le doberman obéit et, quelques instants plus tard, son sac sur l'épaule, Jihwan ouvrait la portière pour s'installer aux côtés de son nouvel ami. Yejun reprit le chemin de l'université sans un mot, et Kyunghoon se chargea des présentations.

« Yejun-hyung, je te présente Jihwan. Jihwan, je te présente Yejun, mon aîné et ami qui, accessoirement, me sert de chauffeur.

— Tss, ingrat, marmonna ledit chauffeur avant de continuer un peu plus fort. Enchanté, Jihwan.

— Moi de même, merci beaucoup d'avoir accepté de m'accompagner à l'université. En guise de remerciements, ma mère vous a préparé des mochis, tenez ! »

Il sortit de son sac une boîte en carton similaire à celle d'une boulangerie et qui débordait presque de petites pâtisseries. Le couvercle paraissait prêt à exploser tant on avait forcé pour tout faire entrer.

« C'est super gentil ! se réjouit Kyunghoon. Ils sont à quoi ?

— Les blancs, c'est ceux à la pâte de haricots rouges, les roses, c'est ceux à la fraise, et les verts, ils sont au thé matcha. Ma mère prépare toujours des mochis quand elle veut remercier quelqu'un, et elle est très douée pour les faire, si ça peut vous rassurer. Elle est pâtissière !

— J'en doutais pas, affirma Kyunghoon.
— J'espère que ça vous plaira ! »

L'enthousiasme du jeune homme tira un sourire à Yejun qui lui jeta un bref regard à travers le rétroviseur. Son sourire cependant s'évanouit devant les hématomes encore visibles sur le visage de Jihwan.

Il fallait vraiment être une bande de sales merdes pour s'attaquer à un garçon seul et sans défense, telle fut l'exacte pensée de Yejun alors qu'il emmenait ses deux cadets à l'université. Jihwan, au contraire du conducteur, se montra bavard. Il parlait de tout et rien, posait beaucoup de questions à Kyunghoon – il avait essayé d'en savoir plus sur Yejun mais avait vite compris qu'il se sentait peu à l'aise à l'idée de discuter.

Kyunghoon se réjouissait de le découvrir aussi enjoué. Jihwan lui apparaissait comme un véritable feu d'artifice : à partir d'un unique sujet de conversation, il prenait mille directions confuses mais qui illuminaient la matinée de son nouvel ami. Kyunghoon fut presque déçu que leur trajet ne dure qu'un quart d'heure. En descendant, Jihwan remercia encore ses aînés et fila sans demander son reste, après leur avoir adressé un large sourire accompagné d'un signe de la main.

« Il est lumineux, ton Jihwan, remarqua Yejun en refermant sa portière. On va pas s'ennuyer avec lui dans la voiture.

— Je te le fais pas dire. C'est un sacré personnage. »

Kyunghoon ne lâcha sa silhouette du regard qu'une fois son cadet disparu au détour d'un bâtiment. Il salua son meilleur ami et se dirigea à son tour jusqu'à l'amphithéâtre dans lequel se déroulait son premier cours. Il profita de son bref trajet pour avaler le mochi à la fraise qu'il avait pris en quittant la voiture – Yejun pour sa part en avait attrapé un à la pâte de haricots rouges, plus curieux du goût qu'affamé, car il avait mangé avant de partir.

Trois jours étaient passés, le weekend débutait enfin pour les étudiants. Kyunghoon s'écroula sur son lit en rentrant et sortit son portable de sa poche. À peine dix minutes qu'ils s'étaient séparés et il avait déjà reçu un message de Jihwan.

Jihwan – Hyung, je viens juste de me rappeler que je voulais t'inviter à la maison demain ! Ça te dirait de venir ? On pourrait jouer à la console, et ma mère a promis de nous préparer une tarte aux pommes et à la cannelle ! ^^

Kyunghoon – Oh c'est super gentil, mais t'es sûr que ça la dérange pas ?

Jihwan – Bah non, c'est elle qui a proposé. :3

Kyunghoon – Dans ce cas, c'est d'accord ! Tu préfères que je vienne vers quelle heure ?

Jihwan – Trop bien ! Vers 14h, ça te va ? Comme ça on aura tout le matin pour bosser tranquilles, et tout l'après-midi pour profiter du weekend ! ^o^

Kyunghoon – D'acc, j'y serai, compte sur moi !

Ravi, Kyunghoon passa sa soirée et la matinée suivante à étudier, afin de s'aérer l'esprit sans éprouver la moindre culpabilité. Il avait prévenu Seuljae avant que ce dernier ne parte au travail, en ce paisible samedi matin, et en début d'après-midi, il se rendit à la maison de Jihwan, trajet qu'il commençait désormais à bien connaître. Il se planta devant le petit portail de bois qui menait au jardin et sonna. La porte de la demeure s'ouvrit aussitôt sur Jihwan. Son visage avait retrouvé toute sa beauté, enfin débarrassé de ses bleus, et son sourire rayonnait plus encore que le soleil de ce chaud mois de mai.

« Hyung, entre, c'est ouvert ! »

Et alors que Kyunghoon poussait le portillon, une ombre fila, bousculant Jihwan sans y prêter attention. Ce dernier écarquilla les yeux.

« Dal ! hurla-t-il. Calme, au pied ! »

Le chien, prêt à se lancer sur l'intrus qui avait osé franchir la limite de son territoire, s'arrêta tout de suite. Il considéra un instant Kyunghoon et, comprenant qu'il ne s'agissait ni d'un ennemi, ni de son repas, il retourna sur ses pas pour prendre place auprès de Jihwan.

« Désolé, s'excusa Jihwan quand son ami arriva à sa hauteur pour le saluer. C'est encore un jeune chien, et faut croire que mon frère l'a un peu trop bien dressé. Dès que quelqu'un qu'il connaît pas encore entre, il vient se planter devant lui, grogne et aboie pour lui faire peur. Il croit bien faire, c'est tout.

— Aucun souci, sourit Kyunghoon, je…

— Dal ! Faut arrêter de partir au quart de tour ! »

Jihwan se retourna et Kyunghoon tendit la tête sur le côté pour découvrir le nouvel arrivant, frère cadet de Jihwan. Le jeune garçon gagna l'entrée où son doberman patientait, assis, son attention focalisée sur celui qu'il considérait encore comme un potentiel intrus. Or, dès que son maître le rejoignit, l'animal se redressa sans attendre, ravi à l'idée de reprendre leur jeu.

« Désolé, j'ai tourné la tête une seconde et il m'a échappé, s'excusa le benjamin.

— T'en fais pas, on va aller jouer à la console dans ma chambre, indiqua Jihwan. Il aura pas l'occasion de nous déranger. »

Junwoo — car Jihwan avait parlé de lui à Kyunghoon qui connaissait déjà son nom — opina avec un sourire reconnaissant et décida d'aller au jardin avec son chien qui poussa un jappement enchanté en le suivant.

Les deux amis montèrent à l'étage qui s'ouvrait sur trois pièces : les chambres de Junwoo et Jihwan, ainsi qu'une salle de bains qu'ils se partageaient. En entrant dans la chambre de son cadet, Kyunghoon ne s'étonna pas de découvrir un lieu sobre mais charmant, à l'image de Jihwan. Un lit, un bureau, une bibliothèque, une commode et une armoire. Il s'agissait d'un petit espace organisé de manière à ce qu'en dépit du peu de place qu'il possédait, il puisse se sentir ici dans un endroit agréable. Sur la commode se trouvait une télévision reliée à une console auprès de laquelle traînaient deux manettes. Jihwan en attrapa une et tendit l'autre à son invité.

« Jeu de course, ça te va ?

— Carrément, approuva Kyunghoon en s'asseyant à ses côtés sur le matelas.

— D'ailleurs, je sais pas si ton frère t'a dit, mais hier, après les cours, j'étais convoqué au commissariat pour déposer plainte.

— Oh, c'est vrai ? s'étonna son aîné en sélectionnant son personnage. Non, il m'a pas dit, hier soir, je dormais quand il est arrivé, et on s'est à peine croisés ce matin comme il partait tôt. Ça s'est bien passé ?

— Je pense, opina Jihwan. En tout cas, quand je suis arrivé à l'accueil, y avait la sorcière, et quand j'ai donné mon nom, t'aurais vu comme elle avait l'air bête ! Elle m'a indiqué d'une voix misérable le bureau où me rendre, et rien que ça, ça a refait ma journée ! Le type qui m'a reçu était super gentil, et il m'a dit qu'il ferait son possible dans les délais les plus courts.

— Je suis content pour toi, alors, j'espère que ça s'arrangera.

— Je pense que oui, et dans tous les cas, le seul fait que pour une fois, on m'écoute... c'est déjà énorme. Vraiment merci pour ton aide, je t'en suis infiniment reconnaissant.

— C'est bien normal. Faut croire que je suis comme mon frère : je supporte pas l'injustice.

— Je suis heureux, dans ce cas, d'avoir quelqu'un pour me protéger ! » se réjouit Jihwan en lui adressant un sourire.

Il concentra de nouveau son attention sur l'écran devant lui quand la course commença. Kyunghoon l'imita, et les deux garçons s'amusèrent un long moment avant qu'on ne frappe à la porte. Jihwan lança un « entrez » plein d'entrain en mettant le jeu en pause. Sa mère alors ne se fit pas prier et leur indiqua que la tarte venait de sortir du four et avait eu quelques minutes pour refroidir. C'était l'heure de s'en régaler !

Jihwan remercia sa mère, et Kyunghoon remercia à son tour cette femme dont la ressemblance avec son fils aîné sautait aux yeux. Ils la suivirent jusqu'au salon où Junwoo patientait déjà, assis devant la table basse où attendait une tarte au fumet savoureux. Une fois chacun installé, ce fut Jihwan qui servit tout le monde pendant que Junwoo s'occupait de remplir les verres de ce que chacun souhaitait.

En bref, Kyunghoon se régala, et il discuta avec Junwoo qui s'émerveilla de découvrir qu'il étudiait la littérature, filière que lui-même espérait rejoindre à l'université. Les deux garçons conversèrent un long moment avant que Jihwan n'insiste pour retourner jouer à la console – et Kyunghoon ne résista pas à son petit air boudeur.

« Allez, on y repart ! s'exclama Jihwan avec joie en appuyant sur le bouton pour relancer la partie.

— T'avais tant envie que ça de jouer ? s'amusa son aîné.

— Pas spécialement, j'en avais juste marre de jouer le pot de fleurs. Que tu discutes avec Jun, c'est chouette, mais là, ça n'en finissait plus.

— Oh, alors t'étais juste ennuyé que je lui accorde plus d'attention qu'à toi ? le taquina Kyunghoon

— Je suis un garçon très possessif, faut croire, plaisanta Jihwan dans un éclat de rire. Et puis j'avais aussi un peu envie de jouer. »

Son ami ne répondit que par un sourire. Installés tous deux sur le lit, ils étaient concentrés sur l'écran et la course. Kyunghoon était assis en tailleur, Jihwan pour sa part s'était allongé sur le ventre, les coudes appuyés sur le matelas et le buste relevé.

Après quelques minutes, le plus jeune poussa un soupir : il venait de perdre sa deuxième partie consécutive. Dépité, il laissa son visage s'écraser dans les couvertures, et Kyunghoon s'esclaffa devant son désarroi exagéré. Il tourna les yeux sur lui, prêt à tenter de le réconforter, quand son regard fut attiré par sa silhouette.

Ses courbes étaient sublimes, masculines mais élégantes.

Une culpabilité soudaine l'envahit : comment osait-il fixer de cette manière un garçon aussi gentil et bienveillant que Jihwan ? Il l'invitait chez lui, et Kyunghoon le remerciait par un regard appuyé sur sa taille et ses fesses. Quel manque de respect…

« On peut jouer à autre chose, si tu veux, » proposa-t-il donc pour fuir ses pensées.

Et, dans l'espoir d'apaiser le faux chagrin de son ami, il passa la main dans ses cheveux pour les lui caresser avec douceur. Jihwan à ce geste se raidit avant de se détendre dans un soupir chargé de bien-être. Amusé par cette réaction immédiate, Kyunghoon poursuivit ses mouvements, et l'autre ne chercha pas à l'en empêcher, trop heureux de cette affection pour la repousser. De longues minutes s'écoulèrent.

« J'aime trop, marmonna Jihwan sans bouger. Arrête jamais…

— Jamais ? Ça risque d'être compliqué.

— Fais un effort, un peu… »

Kyunghoon gloussa à cette réplique.

Après quelques minutes supplémentaires, cependant, leur moment de douceur fut coupé quand l'aîné reçut un message.

« Ah, je vais devoir y aller, constata-t-il en jetant un regard à son portable.

— Déjà ?

— Mon frère finissait plus tôt aujourd'hui, alors on a prévu d'aller se promener ensemble et de se commander un truc à manger. Il est tellement occupé en ce moment, ça me manque de ne plus le voir autant...

— Oh, je comprends. Ça me ferait mal, à moi aussi, de ne plus avoir d'occasions de voir mon frère. Passe une bonne soirée, profite bien.

— Merci beaucoup, Jihwan, passe une bonne soirée aussi. »

Kyunghoon quitta le lit de son cadet qui s'y agenouilla de manière paresseuse.

« Hyung... »

L'appelé se retourna pour s'enquérir de ce qu'il voulait, et Jihwan tendit les deux mains vers lui avec sa moue boudeuse – oui, celle à laquelle Kyunghoon ne résistait jamais. Il se rapprocha pour lui demander ce qu'il désirait, quand sans le prévenir, le plus jeune lui attrapa le bras et le tira à lui sans brutalité... puis il lui embrassa la joue.

« Bonne soirée, hyung ! » lança-t-il avec son habituel sourire rayonnant.

Déstabilisé par ce petit baiser, Kyunghoon bafouilla un « merci, toi aussi » qui ne ressemblait à rien, et il partit sans un mot de plus, les pommettes rouges et le cœur battant.

Il ne s'était pas attendu à un geste pareil, mais… ciel, comme ça lui plaisait !

Kyunghoon rentra chez lui comme s'il se dirigeait vers le paradis. Léger, il lui semblait marcher sur des nuages. Tout à ses songes, il ne revint sur terre qu'une fois arrivé dans son studio. Seuljae s'y trouvait déjà, occupé à ranger quelques affaires.

« Salut ! lança son petit frère en entrant. Comment tu vas ?

— Bien, bien, et toi ? s'enquit son aîné sans cesser sa tâche. C'était bien avec Jihwan ?

— Ouais, on a passé un super bon moment. Et toi, ça a été, le boulot ?

— Ouais, comme d'habitude. D'ailleurs… j'ai profité de ma pause de midi pour aller me balader près de chez Jihwan. J'ai trouvé le parc dont il parlait dans sa plainte.

— Ah ?

— Et y avait effectivement une bande de quatre types qui y traînait. Des sacrés gaillards, si tu veux mon avis. Y avait quelques familles, des gamins, et des ados autour, mais ils avaient pas l'air d'y prêter la moindre attention. Ils avaient l'air plutôt calmes. J'y reviendrai de temps en temps pour les surveiller.

— Et la plainte de Jihwan, ça avance comment ?

— Elle a été prise au sérieux : on a retrouvé les vidéos de surveillance du jour où vous vous êtes rencontrés, et sur la bande, on voit clairement ses hématomes et son sang. On l'a gardée comme preuve. Dès qu'on pourra, on convoquera ces quatre mecs, et une fois qu'ils auront avoué, on pourra appliquer la peine pour ce genre de délits. J'essaie de faire en sorte d'accélérer les choses, mais je reste un nouveau, alors c'est pas évident de se faire écouter, et pour une « simple » affaire de harcèlement, y a pas grand monde qui accepte de se bouger le cul.

— Je vois… tant que tu fais ton possible, c'est déjà énorme. Jihwan est très reconnaissant, et moi aussi. »

~~~

Lorsque son réveil sonna, Kyunghoon le coupa et poussa un gémissement dépité. Il détestait les lundis…

« Debout, fainéant, le rabroua gentiment Seuljae qui avait déjà attrapé son portable pour vérifier ses mails. Une nouvelle semaine commence !

— Ouais, ouais…

— Pense au trajet jusqu'à la fac avec Jihwan.

— Pourquoi ?

— L'amour donne des ailes, non ? se moqua Seuljae en riant.

— Très drôle…

— Oh allez, sois pas grincheux. Je vais te préparer un bon truc pour bien commencer la journée. »

Décidé, l'aîné quitta son lit, alluma la pièce (Kyunghoon gémit à cette brusque luminosité), et se rendit à leur coin cuisine concocter un succulent petit déjeuner. Son cadet râla mais, une fois qu'une odeur appétissante s'éleva, il céda et abandonna ses couvertures chaudes ainsi que son oreiller moelleux. Il s'habilla, mangea avec son frère qui venait de terminer sa préparation et, les deux garçons prêts, il était déjà l'heure pour le plus jeune de partir. Seuljae le salua, et Kyunghoon fila.

Une fois en voiture, il garda le silence jusqu'à ce qu'un petit soleil monte, quelques minutes après.

« Bonjour ! lança Jihwan en grimpant à côté de son ami. Comment vous allez ?

— C'est lundi, comment tu veux que ça aille ? grommela Yejun qui arborait d'inquiétants cernes.

— Ah, longue nuit ?

— J'ai fait que bosser, je suis claqué…

— Et toi, Kyunghoon-hyung, ça va ?

— Ça va, opina-t-il. D'ailleurs, je voulais te demander si ça te dirait de manger avec moi à midi : j'ai pas cours de onze à quatorze heures, alors si tu veux, on peut aller prendre un truc dans un restau, ou quelque chose comme ça.

— Oh, c'est gentil, mais j'ai jamais trop de temps lors de mes pauses de midi, refusa-t-il. Désolé…

— C'est rien, on aura d'autres occasions.

— Oui, j'espère. »

Yejun leur jeta un regard à travers le rétroviseur, et un rictus naquit sur ses lèvres sans pour autant qu'il prononce le moindre commentaire. Leur amitié le touchait.

En rentrant ce soir-là chez lui, Kyunghoon ne se sentait pas aussi joyeux que ces derniers temps : si voir Jihwan l'avait ravi, surtout maintenant qu'il n'arborait plus de blessures, il était malgré tout navré de savoir que le pauvre ne pouvait toujours pas prendre le bus en toute tranquillité. Il aurait aimé agir, le défendre comme il le méritait… mais que faire ? Il lui semblait que sa faiblesse le piégeait. Face à quatre garçons décidés à en harceler un, il doutait que discuter serve à quoi que ce soit.

Dans la lune, Kyunghoon peina à se concentrer sur son travail, qu'il abandonna après une heure perdue à observer les mêmes feuilles sans les lire. Dépité, il préféra encore se coucher. Il ne s'endormit cependant pas tout de suite. Il resta là, dans son lit, à fixer le plafond, plongé dans ses songes. Son affection pour Jihwan ne cessait de croître à mesure que les jours passaient, et avec elle grandissait également son envie de prendre soin de lui et de l'aider.

Il s'assoupit, habité par un désagréable sentiment d'impuissance.

~~~

Ça faisait très exactement une semaine que Kyunghoon et Jihwan s'étaient rencontrés. Ce soir-là, ils avaient prévu de manger ensemble dans un restaurant près de l'université avant de rentrer à pied pour profiter de la douceur du printemps.

Le dîner leur permit de faire encore plus ample connaissance, et plus Kyunghoon en apprenait sur Jihwan et sa famille, plus il les appréciait. Il découvrait un garçon entouré de personnes formidables et qui, pourtant, peinait à se rapprocher d'autrui, trop timide pour ouvrir le dialogue. Ses amis se comptaient sur les doigts d'une main, mais il s'agissait d'amis qu'il était convaincu de garder jusqu'à la fin de ses jours, si bien que ces seuls liens suffisaient à son bonheur. Il recevait tant d'amour qu'il s'en sentait submergé et n'en souhaitait pas plus. Sa vie le rendait heureux.

Impossible pour Kyunghoon de se voiler la face plus longtemps : il aimait Jihwan, il chérissait le moindre de ses sourires, et il considérait chaque éclat de rire comme un précieux trésor. Il lui semblait que des cœurs illuminaient son regard dès lors que ses prunelles se posaient sur ce garçon qu'il avait appris à aimer en même temps qu'il avait appris à le connaître.

Ainsi, tandis qu'ils se promenaient pour rentrer, Kyunghoon songeait à ses sentiments, et la crainte le dévorait peu à peu : il adorait Jihwan, mais... Jihwan ne le percevait que comme un ami de plus. Inutile d'attendre quoi que ce soit de plus de sa part. Il l'étreignait et lui embrassait la joue de la même façon qu'à Junwoo. La veille en effet, alors que Yejun venait de se garer devant la maison du cadet, c'était Junwoo qui se trouvait dans le jardin en train de jouer avec son chien, et pour saluer son frère, en partant, Jihwan l'avait enlacé et avait abandonné un chaste baiser sur sa pommette.

Peu surpris que ce geste ne lui soit pas réservé (il n'aurait jamais imaginé un tel privilège), Kyunghoon s'était étonné de constater qu'il aurait pourtant aimé être le seul à qui Jihwan offrait cette petite attention.

Arrivés devant la demeure du plus jeune, les deux amis s'arrêtèrent et échangèrent un regard.

« Bon... eh bah bonne nuit, et à demain, sourit Kyunghoon.

— Merci encore d'avoir proposé un dîner au restau ! J'y suis pas allé depuis longtemps, ça me manquait plus que je l'aurais imaginé !

— Heureux de t'avoir fait plaisir, dans ce cas. »

Et, sans réfléchir, ce fut ce soir-là Kyunghoon qui se pencha pour appuyer un chaste baiser sur la pommette de Jihwan. Il se sentit rougir aussitôt et s'écarta sans attendre. Il se racla la gorge pour camoufler sa gêne et recula d'un pas, timide. Le sourire de Jihwan s'agrandit et, après un bref signe de la main, il fila. Kyunghoon esquissa un rictus attendri lorsque, son cadet ayant franchi la porte, les aboiements de Dal s'élevèrent.

À son tour Kyunghoon s'en alla, l'âme aussi légère que ces derniers jours. Il brûlait d'affection pour ce garçon…

~~~

Yejun – Salut, Hoonie. Je suis malade comme un chien, j'ai passé une nuit de merde et j'ai juste envie de crever. Je pourrai pas vous amener, Jihwan et toi, je suis désolé.

En découvrant ce message lundi matin, Kyunghoon bondit de son lit. Seuljae s'étonna de le voir pour une fois debout avant qu'il ne l'oblige à se lever. Le jeune homme tapa une réponse rapide à son ami.

Kyunghoon – Merde, tu vas vraiment si mal ? T'as appelé un médecin ? Repose-toi bien, et oublie pas de manger un peu, ça te fera du bien. Tu voudras que je passe après les cours ?

Yejun – Du calme, j'ai de la fièvre et j'ai vomi, mais je suis pas au bord de la mort. Je voulais juste te prévenir pour être sûr que tu partes à l'heure et que tu loupes pas le bus. Mais moi, ça va déjà mieux que cette nuit. Je vais sûrement passer ma journée à somnoler.

Kyunghoon – Oh, je vois. Alors prends soin de toi, j'essaierai de passer te voir demain, j'ai une journée pas très lourde ! ^^

Yejun – Merci, t'es le meilleur. :3

« Il se passe quelque chose ? demanda Seuljae.

— Yejun-hyung est malade, je passerai sûrement le voir demain, histoire de m'assurer qu'il va bien et qu'il se rétablit. Mais du coup y aura personne pour nous amener, Jihwan et moi, à la fac. »

Car si Seuljae avait son permis, il ne possédait en revanche pas encore de voiture, et Yejun habitait trop loin pour proposer la sienne.

« Tu vas prendre le bus ? s'enquit-il.

— Ouais, mais je vais aller chercher Jihwan, histoire d'être sûr qu'il risque rien. Du coup, vaut mieux que je parte tout de suite si on veut pas être en retard. Je lui envoie un SMS et je m'habille.

— D'acc, faites attention à vous. »

Kyunghoon se prépara à la hâte, balança son sac sur son dos et quitta au pas de course l'appartement. Il lui suffit d'une dizaine de minutes de course entrecoupée d'un peu de marche pour arriver devant chez Jihwan, qu'il salua en haletant.

« T'étais pas obligé de te presser, remarqua Jihwan, je pouvais patienter.

— Je voulais pas... être en retard... à la fac, souffla Kyunghoon en reprenant peu à peu sa respiration.

— T'es bien trop ponctuel. Mais... merci d'être venu me chercher quand même. »

L'aîné releva la tête à ces mots et croisa le regard brillant de reconnaissance de son ami. Ensemble, les deux se dirigèrent vers l'arrêt de bus le plus proche. Jihwan enfila la capuche de son gilet sans quitter le chemin des yeux, et Kyunghoon s'apprêtait à l'interroger à ce sujet lorsqu'il aperçut, dans le petit square à sa droite, quatre garçons qui discutaient, une cigarette à la bouche. Ils paraissaient à peine plus âgés qu'eux – et Kyunghoon songea qu'ils avaient sans doute le même âge, mais qu'ils semblaient juste plus adultes.

Les deux amis passèrent rapidement, Jihwan ne tourna pas la tête, et ils gagnèrent sans encombre l'arrêt près d'ici. Un banc s'y trouvait, sur lequel ils s'assirent. Kyunghoon observa d'un regard peiné son cadet quand ce dernier retira sa capuche, mais il n'osa pas la moindre remarque de peur de raviver de mauvais souvenirs. À la place, il enroula un bras autour des épaules de Jihwan qui, tout à coup rassuré par cette étreinte, posa la joue contre lui et ferma les paupières.

Cette chaleur si proche remua l'estomac de Kyunghoon, qui néanmoins demeura impassible.

Ils ne se croisèrent pas à l'université, mais ils échangèrent quelques messages pour savoir où ils comptaient s'attendre pour rentrer et quand. Ainsi, une fois leur journée terminée, les étudiants se rejoignirent devant l'entrée du bâtiment des lettres pour retourner ensemble chez eux. Fatigués par leurs cours et peu enclins à marcher une heure, ils prirent le bus en discutant.

Kyunghoon ne racontait que les moments heureux ou drôles qu'il avait connus, de sorte qu'il voyait Jihwan sourire et rire. Et puis Jihwan lui racontait toujours tout avec optimisme : il exultait à chaque bonne nouvelle et transformait chaque échec en une réussite prochaine. Kyunghoon admirait ce caractère et désirait se montrer aussi positif que lui.

Lorsqu'ils descendirent et se rendirent jusqu'au domicile de Jihwan, ce dernier était occupé à narrer à son aîné la gaffe commise par un de ses camarades... et il ne remarqua pas les quatre regards posés sur eux, du moins il les remarqua, mais trop tard. Kyunghoon fronça les sourcils quand son cadet s'arrêta et pâlit, observant quelque chose par-dessus son épaule. Il fit volte-face pour découvrir que les quatre garçons qu'il avait repérés ce matin étaient revenus squatter le parc et approchaient désormais.

Le plus grand arborait un sourire mauvais, il se planta à moins de deux mètres de Kyunghoon qu'il toisa quelques secondes durant. Jihwan s'aperçut alors que, dans un réflexe sans doute involontaire, son ami s'était placé devant lui.

Son héros...

« T'es qui ? lança l'inconnu d'un ton hautain.

— Pourquoi cette question ? rétorqua Kyunghoon avec une assurance qui surprit son ami.

— Je te retourne la question. T'es son mec du moment ?

— Pardon ? »

Incapable de dissimuler sa surprise, Kyunghoon sentit son corps s'affoler. Son cœur s'emballa du fait de la stupeur, et il se trouva tout à coup aphasique, comme bloqué par cette question si brutale. Son « mec du moment » ? Mais que racontait-il ?

« On aime pas beaucoup les gays, ici, surtout quand ils se tapent n'importe qui et viennent embrasser leur mec sous les yeux des gosses. Mais quoi, t'étais pas au courant ? minauda le serpent qui se délectait du venin injecté à Kyunghoon.

— Tu mens. »

La tension dans le corps de l'aîné s'effondra quand Jihwan osa élever la voix pour affirmer avec aplomb la calomnie qu'il subissait.

« Donc t'as jamais embrassé un mec dans ce parc ? le défia l'intrus.

— C'est tout à fait légal, lui opposa Jihwan, et on savait pas qu'il y avait des enfants, on les avait pas vus, ils sont arrivés après nous. Dès qu'on les a vus, on a arrêté.

— Tss, tu me dégoûtes, t'es dégueulasse.

— Tu mens, tu fais que ça. Quoi que je fasse de ma vie, t'as pas à t'en mêler. Et pour ta gouverne, je sors pas avec n'importe qui, je ne suis sorti qu'avec deux garçons, avec lesquels je suis resté plusieurs années. Faudrait peut-être que tu t'occupes de ta bite avant de penser à la mienne, parce que si ça continue, je vais finir par croire que tu veux la sucer. »

Devant cette phrase si magistralement tournée, Kyunghoon éclata de rire. Il n'avait pas l'habitude de l'entendre parler de cette manière, et une telle férocité de la part de son innocent et joyeux Jihwan lui paraissait impensable. Au plus grand dam de leur adversaire, même un des trois garçons derrière lui ne put retenir un gloussement moqueur.

« T'as vraiment envie de te manger mon poing, espèce de petite merde ! vociféra l'inconnu.

— Ne le touche surtout pas, ordonna Kyunghoon, ou on ira porter plainte ensemble et je lui servirai de témoin.

— Pauvre chou, ricana-t-il, mais la justice, elle va rien faire pour toi. Elle s'en fout que quelqu'un se prenne quelques coups. Ça aboutira jamais et tu continueras d'aller pleurer dans les jupons de ta salope de mère qui a même pas su t'élever correctement. »

Jihwan bouillonnait. S'il s'écoutait, il leur aurait déjà bondi dessus.

« Excuse-toi immédiatement, sinon j'appelle les flics tout de suite, » le menaça Kyunghoon.

Or, plutôt que de répondre, l'inconnu lui balança son poing dans le visage. Kyunghoon tenta de s'écarter, mais ça ne lui permit pas d'échapper au coup qui le fit chuter. Sa pommette le brûlait, il y posa la main en grognant de douleur.

« Hyung !

— Deux pour le prix d'un, on va s'amuser… »

Jihwan recula, horrifié, alors que Kyunghoon, étourdi tant par la surprise que par la violence du choc, peinait à reprendre ses esprits.

« Hyung, faut qu'on s'en aille, geignit Jihwan en s'agenouillant auprès de lui, tu peux pas rester ici, vite… »

Il tenta de tirer son ami en arrière, mais parvint juste à s'éloigner de quelques mètres. À cette heure, la rue était trop peu fréquentée, inutile d'espérer une quelconque aide salvatrice. Il ne réussirait pas à rentrer chez lui avec Kyunghoon, impossible de fuir. Les quatre garçons s'approchèrent et Jihwan poussa un soupir vaincu. Il prit dans les siennes l'une des mains de Kyunghoon contre laquelle il posa la joue.

« Pardonne-moi, » murmura-t-il.

Il se redressa face aux délinquants qui le toisèrent d'un œil amusé.

« Oh la la, le petit gay va se défendre, gloussa l'un d'eux.

— Je peux toujours essayer… »

Et sur ces mots, Jihwan s'élança sur celui avec lequel il avait dialogué quelques instants plus tôt. Dans un geste maîtrisé à la perfection, il abattit son pied dans le ventre du garçon qui fut projeté en arrière et tomba. Il attrapa ensuite par les cheveux un second inconnu et souleva un genou contre lequel il lui écrasa le visage. Le tout avait demandé à peine quelques secondes, et ce ne fut qu'après ce bref instant que les deux autres réagirent : tous deux attaquèrent en même temps. Or, du fait de la position de leurs jambes, Jihwan en déduisit sans mal leur intention. Il esquiva et riposta par un uppercut dans la mâchoire de l'un, enchaînant avec un coup de coude dans le nez de celui qui s'était coulé derrière lui dans l'espoir stupide de le prendre par surprise.

De nouveaux assauts s'ensuivirent, tous menés par Jihwan qui se déplaçait avec une grâce et un talent inouïs. Il termina avec un coup de poing impressionnant qui atteignit sa cible : le premier garçon qu'il avait frappé, celui qui l'avait mis dans une telle colère. Le jeune homme s'effondra, et à peine relevés, ses trois compagnons s'enfuirent. L'autre, à terre et ahuri, poussa un glapissement pathétique quand Jihwan posa le pied sur son thorax, mais il n'osa pas bouger.

« Alors, le petit gay s'est bien défendu ? le nargua Jihwan avec un sourire carnassier. T'en veux encore ou tu vas me laisser tranquille ?

— Je pourrais porter plainte ! feula l'autre.

— Mais la justice… elle va rien faire pour toi, répéta-t-il dans un rire sardonique. Alors écoute-moi bien. La prochaine fois que tu poses tes sales pattes sur quelqu'un de plus faible que toi… »

Son adversaire gémit quand Jihwan appuya un peu plus fort sur sa poitrine.

« C'est compris ? »

Bien malgré lui, l'inconnu acquiesça. Après un petit coup dans ses côtes, Jihwan le laissa partir. Ce misérable avait le nez en sang et plusieurs bleus sur le visage. Pathétique. Victorieux, Jihwan jubilait : depuis le temps qu'il rêvait d'enfin riposter !

Puis sa joie s'évanouit quand il se tourna vers Kyunghoon qui le fixait encore, sidéré du spectacle auquel il avait assisté. Son innocent Jihwan, le Jihwanie qu'il désirait protéger plus que tout…

Il venait de massacrer à lui seul quatre gaillards bien plus imposants que lui.

Oh putain !

Ahuri, Kyunghoon cligna des paupières quand son cadet lui tendit la main. Il s'attrista de lire sur son visage angélique la crainte du rejet et la honte. Ainsi, sans un mot, l'aîné accepta cette main tendue et se redressa.

Jihwan, désormais face à lui, se racla la gorge, gêné.

« Tu devrais mettre de la glace sur ta joue, souffla-t-il. Viens, on en a à la maison. »

Son ami opina, ils se mirent en route pour quelques brèves minutes de marche qui demeurèrent silencieuses. Jihwan s'enfonça dans son anxiété, incapable de trouver comment entamer la conversation. Il espérait que Kyunghoon trouverait, lui.

Jihwan poussa d'un geste mou le portail puis la porte de la maison. Sa mère passait à cet instant dans le couloir et, découvrant son fils aux phalanges ensanglantées avec Kyunghoon qui présentait un bleu frappant sur la pommette, elle ouvrit des yeux scandalisés et sa mâchoire tomba.

« Mon dieu, qu'est-ce qui vous est arrivé ? s'exclama-t-elle.

— Ils ont essayé de s'en prendre à hyung... je suis désolé, marmonna Jihwan.

— Filez à la salle de bains, je vous apporte de la glace.

— Merci, maman. »

Ils montèrent à l'étage et entrèrent dans la petite pièce. Kyunghoon, dont les paumes s'étaient un peu écorchées lorsqu'il avait chuté, se lava les mains à l'eau froide, et Jihwan l'imita ensuite, retirant de ses poings le sang de leurs assaillants. La porte s'ouvrit peu après sur sa mère qui tendit à l'aîné une poche bleue qu'il plaqua contre sa joue. Après une brève conversation, elle s'éclipsa et les deux garçons se rendirent à la chambre de Jihwan qui s'assit sur son lit. Kyunghoon en fit de même.

Un long silence s'étira, et le plus jeune décida de le couper.

« Tu m'en veux ? s'inquiéta-t-il.

— Je sais pas... pourquoi tu m'as menti ?

— Je t'ai menti ?

— Tu m'as dit que tu pouvais pas te défendre, lui rappela Kyunghoon en roulant des yeux.

— C'est la vérité : avec mon niveau, j'ai pas le droit de frapper quelqu'un qui est désarmé, c'est pas considéré comme de la légitime défense puisqu'on n'est pas à armes égales. Alors... je peux me protéger comme je veux, mais pas en répliquant avec les techniques que j'ai apprises.

— Tu te laissais faire, en somme.

— Ouais, mais je me protège toujours le visage et j'essaie de filer dès que j'en ai l'occasion.

— Le jour où t'es venu au commissariat, t'étais bien amoché...

— Je m'étais peut-être laissé faire un peu plus que d'habitude dans l'espoir qu'on m'écouterait, admit Jihwan qui ne quittait plus du regard ses doigts entremêlés.

— Ça fait longtemps que tu pratiques des arts martiaux ?

— J'ai commencé le taekwondo à cinq ans, puis à treize ans le MMA, et y a deux ans je me suis aussi mis au krav maga avec un club à la fac qui se réunit tous les midis. J'adore me défouler en compétition.

— T'as fait des compétitions ?

— J'en ai même gagné un paquet.

— Pourquoi me l'avoir caché ? demanda Kyunghoon.

— On est devenus amis parce que tu pensais me protéger, souffla Jihwan, et… j'avais peur qu'en apprenant que j'étais capable de me défendre seul, tu m'abandonnes. J'ai pas beaucoup d'amis, et… excuse-moi, j'ai été stupide.

— Que tu saches te défendre seul ou non, le problème restait le même : t'en avais la capacité, mais pas la possibilité. Je t'aurais pas laissé tomber.

— Je vois… pardonne-moi.

— C'est rien, Jihwan, et puis je devrais te remercier de m'avoir défendu, je te dois une fière chandelle.

— C'est vrai ? Tu m'en veux pas de les avoir frappés ?

— T'en vouloir ? Attends, mais c'était dingue ! rit Kyunghoon. Avec ce que tu leur as mis, t'es tranquille pour toujours, et ces crétins n'iront plus embêter d'autres garçons, c'est certain ! C'était carrément mérité ! Ils te harcelaient : ils cherchent, ils trouvent, c'est eux qui ont commencé, merde.

— Je t'aurais pas cru comme ça, gloussa Jihwan en relevant pour la première fois la tête. J'aurais pensé que t'étais du genre pacifiste.

— Même ma patience a ses limites. Je crois que… s'ils t'avaient frappé, j'aurais essayé de te défendre aussi, même si je sais pas me battre aussi bien que toi. S'il suffit de quelques bleus qui guériront vite pour qu'ils retiennent la leçon… et de toute façon, ce qui est fait est fait. Ils t'ont attaqué sans raison valable, t'as riposté, un point c'est tout. »

Le regard de Jihwan s'illumina de soulagement.

« Par contre, reprit Kyunghoon, après ce qui vient de se passer, je pense que je demanderai à mon frère de laisser tomber la plainte : inutile d'aller plus loin, ils risqueraient de répliquer en portant plainte à leur tour.

— Oui… et puis ils ont compris qu'il valait mieux pas se fier aux apparences et ne pas s'attaquer à plus faible que soi. »

Kyunghoon acquiesça avec un rictus malicieux avant qu'autre chose ne lui effleure l'esprit.

« Mais dis-moi, tu… enfin…

— Oui ? l'encouragea son cadet.

— T'es attiré par les garçons ? »

Jihwan rougit soudain à cette révélation qu'il avait déjà oubliée.

« J-Je… enfin…

— Eh, Jihwan-ah[2], ça me gêne pas. Au contraire, je suis heureux de rencontrer quelqu'un comme moi, et… de ne plus me sentir aussi seul.

— Toi aussi ?

— Oui, opina son aîné, mais… moi j'ai jamais rencontré qui que ce soit qui s'intéresse aussi aux garçons.

— Oh, je vois… je pourrai te présenter mes amis ! Je les ai rencontrés sur un site internet ! Je suis sorti avec Taeil au lycée puis avec Minho à la fac, mais les sentiments finissaient chaque fois par

---

[2] *Particule d'affection.*

s'estomper. Aujourd'hui, d'ailleurs, ils sont ensemble et super heureux ! Je suis sûr que tu les apprécierais, c'est des gars incroyables et super gentils ! Oh, faudrait qu'on se fasse un karaoké, un soir ! »

L'enthousiasme retrouvé de Jihwan réchauffa le cœur de Kyunghoon qui accepta d'un hochement de tête, ravi à l'idée de rencontrer des garçons que Jihwan présentait en des termes si élogieux.

Une bouffée de bonheur le fit frémir.

~~~

Yejun poussa un soupir las tandis que tous les passagers s'esclaffaient. La discussion animée entre Jihwan, Kyunghoon, Taeil et Minho l'épuisait, mais… peut-être qu'il aimait bien ça. Lui qui savourait le calme le plus parfait, conduire chaque jour cette bande d'énergumènes l'amusait, le changeait de sa routine, et il aimait se sentir entouré ainsi. Il s'arrêta devant chez Jihwan qui le remercia en descendant, accompagné par Kyunghoon qui salua les autres garçons.

Un mois s'était écoulé, les vacances d'été approchaient, et les températures extérieures en témoignaient déjà, étouffantes ces derniers jours.

Après les évènements advenus quelques semaines auparavant, sa mère avait forcé Jihwan à aller s'expliquer avec les brutes qu'il avait frappées. Aussi surprenant que ça puisse paraître, si au début la bande s'était montrée hostile, elle avait finalement consenti à écouter Jihwan, et tous avaient discuté de manière posée. Après avoir subi ce qu'eux-mêmes lui avaient fait subir, les jeunes gens avaient compris leur tort, et ils s'étaient excusés pour leur comportement. Jihwan avait préféré oublier sa rancœur, si bien qu'il leur avait souri en acceptant leurs excuses… ajoutant ensuite avec ce même large sourire que s'il apprenait qu'ils recommençaient à tabasser et insulter des garçons plus faibles qu'eux, il reviendrait et risquait de ne pas s'en tenir à quelques coups de poing – des paroles en l'air, bien sûr, mais qui avaient fait leur petit effet.

Rentrés chez Jihwan, les deux amis montèrent directement à sa chambre. Ils s'échouèrent sur le lit et poussèrent un soupir de bien-être. Après quelques instants et une fois qu'il eut trouvé le courage de bouger, le plus jeune se traîna jusqu'à son aîné au point de se coller à lui qui l'enlaça sans hésiter. Chacun approcha son visage, et au terme de longues secondes passées à effleurer les lèvres de l'autre, ils s'embrassèrent avec tendresse.

Bientôt une semaine qu'ils étaient ensemble…

Les bouches se taquinèrent, et dès lors qu'elles s'ouvrirent, les langues prirent le relais tandis que la température paraissait monter en flèche dans la pièce pourtant climatisée. Jihwan glissa ses doigts sous le t-shirt de son compagnon qui, pour sa part, se plaça à quatre pattes au-dessus de lui et lui caressa la joue. De lourds soupirs leur échappaient entre deux baisers passionnés. Ils appréciaient, paupières closes, ces contacts brûlants. Jihwan n'avait jamais senti son cœur battre aussi fort, et Kyunghoon se régalait de ce qu'il découvrait avec celui qu'il avait aimé dès leur rencontre. Chaque fois que Jihwan passait la main sur sa peau, il y semait aussitôt une myriade de frissons agréables, et son estomac se retournait sous l'effet de toutes ces sensations jusque-là inconnues.

La porte claqua, ils sursautèrent en voyant débouler une masse noire qui leur bondit dessus.

« Dal ! »

Junwoo arriva à son tour dans la pièce et ouvrit des yeux ronds en découvrant la position de son frère et son petit ami, que l'animal était venu saluer quand il était rentré avec son maître de leur moment de jeu au jardin.

« Maman ! s'exclama Junwoo avec une moue écœurée. Kyunghoon et Jihwan-hyung s'apprêtaient à faire des bébés dans sa chambre !

— Maman ! Jun est entré sans permission ! se plaignit à son tour Jihwan de qui Kyunghoon s'écartait déjà, mort de honte.

— Junwoo, cria leur mère depuis la cuisine. T'as intérêt à aller réviser tes cours de SVT au lieu de raconter n'importe quoi ! »

Jihwan gloussa et l'autre, vaincu, ordonna à son chien de le suivre. Ils quittèrent la pièce, laissant enfin seul le petit couple qui échangea un regard circonspect.

« Tu commences à connaître ma famille, maintenant, soupira le cadet en haussant les épaules.

— Eh ouais…

— On en était où, déjà ?

— Je crois me souvenir… »

Et sur ces mots, Kyunghoon reprit sa position sans hésiter avant de coller de nouveau ses lèvres à celles de son copain qui accueillit ce contact avec bonheur. Ainsi allongé sous son aîné, il se sentait presque… protégé par lui.

Et il adorait ça.

Le voisin d'en bas

Le soleil se levait à peine quand Seuljae, parfait exemple d'un bourreau de travail, décida de prendre sa deuxième tasse de café de la matinée. Réveillé à quatre heures – comme tous les jours –, il s'était aussitôt attelé à ses révisions avec la même ardeur qu'à l'accoutumée. Le jeune homme en effet, actuellement en cinquième année de médecine, œuvrait en tant qu'interne à l'hôpital le plus proche, et il profitait de chaque minute de libre pour relire ses cours. Son savoir impressionnait ses supérieurs autant que ceux de son niveau. Seuljae se dévouait corps et âme pour ce métier qui le fascinait, sa vocation. Par conséquent, passer la moindre minute à réviser lui apparaissait comme un bonheur, et il s'épanouissait plus que ses parents eux-mêmes l'auraient cru.

Une fois venue l'heure pour lui de se préparer à partir au travail, Seuljae se dirigea à la salle de bains. Il coiffa de manière soignée ses cheveux bruns en bataille, cacha un léger reste d'acné avec un peu de fond de teint qui lui permit aussi d'uniformiser sa peau, et il recouvrit ses lèvres charnues d'une touche de baume invisible pour les protéger des températures extérieures. Plutôt grand et le corps façonné par l'exercice que représentait son métier au quotidien, Seuljae pouvait se vanter de sa silhouette que beaucoup lui enviaient... même s'il y prêtait en vérité peu attention. Il se moquait bien de son physique, tant qu'il lui suffisait à pratiquer au mieux sa profession.

Un esprit sain dans un corps sain, telle était sa devise.

Seuljae enfila ses chaussures, sa doudoune, et quitta son petit appartement confortable pour la fraîcheur de cette matinée hivernale. Il descendit les marches quatre à quatre, et arrivé devant les boîtes aux lettres, un large sourire naquit sur son visage.

« Taeil-ah ! lança-t-il. Comment ça va ? »

L'appelé, son sac de cours sur le dos, sursauta. Lui qui s'apprêtait à sortir du bâtiment, il fit volteface avec une main posée sur le cœur.

« Hyung ! Ça va pas de me faire une peur pareille ! J'ai failli m'évanouir !

— Pff, ridicule, rétorqua l'aîné en approchant. Alors, quoi de neuf ? »

Son cadet, un garçon au visage qui frôlait la perfection, repoussa une mèche châtain dans un soupir. Ses cheveux cascadaient de manière élégante sur son front, bouclés depuis son dernier passage chez le coiffeur. Ils mettaient en valeur son regard sombre bordé de cernes et ses yeux en amande, mais dissimulaient l'essentiel de ses oreilles, laissant à peine apercevoir les piercings desquels elles étaient ornées depuis que les deux jeunes gens se connaissaient – soit à présent deux mois. Une envoûtante odeur flottait toujours autour de lui, jamais il n'oubliait de se parfumer.

Taeil en effet avait emménagé chez sa grand-mère. Seuljae vivait à l'étage du dessous, et du fait de leurs horaires, il leur arrivait de se croiser près des boîtes aux lettres ou bien dans le local à poubelles qui jouxtait les caves.

« Ta mamie va bien ? demanda Seuljae en vérifiant qu'il n'avait reçu aucun courrier. Quoi de neuf ?

— Rien de spécial, répondit Taeil dans un haussement d'épaules. Elle regarde la télé, cuisine... elle fait des trucs de grand-mère, quoi. »

Cette dernière phrase fit glousser l'aîné.

« Et toi, ça se passe bien de ton côté ? Pas trop dures, les études ? s'enquit Taeil en lui ouvrant la porte de l'immeuble.

— Étudier, c'est un bonheur, Taeil, pas une difficulté !

— J'aurais pas dû poser la question si j'en avais déjà la réponse... mais je comprends pas : tu bosses non-stop, hein ?

— Pratiquement, ouais... Bah quoi ? me regarde pas comme ça ! Aux dernières nouvelles, je dors encore au moins six heures par nuits et je prends une douche par jour, alors je bosse pas tout le temps !

— Tu dors vraiment au moins six heures ?

— Parfois cinq, mais c'est rare, concéda Seuljae.

— Et tu prends une douche par jour... ?

— Bon, il se peut que le weekend, quand vraiment je bouge pas de mon bureau, je ne prenne pas de douche. Mais après avoir couru partout toute la journée aux urgences, je t'assure que je m'accorde toujours une bonne douche !

— Mouais... mais tu m'avais pas dit que t'écoutais des émissions médicales quand t'étais sous la douche ? Ça compte comme du travail, grimaça Taeil.

— J'écoute ces émissions comme toi t'écoutes de la musique : c'est pas du boulot, c'est le petit moment détente.

— Tu me désespères. Faudrait que tu décroches pendant au moins une journée, t'es complètement matrixé, mon pauvre...

— Et toi, sinon, comment ça se passe les études ? s'enquit Seuljae dans l'espoir de changer de sujet.

— Toujours bien. Les cours sont cools, les profs aussi, et mes camarades également. La semaine dernière, on nous a rendu un devoir important, et je m'en suis sorti avec un soixante-dix-sept sur cent, autant te dire que j'étais vraiment soulagé ! »

Taeil étudiait la biologie. Ça expliquait pourquoi il prenait le même chemin que son aîné pour se rendre à l'université : ils empruntaient la même ligne de bus, seuls quelques arrêts séparaient leurs deux destinations. De cette manière, les deux amis profitaient chaque semaine de quelques trajets communs pour discuter de leurs projets, de ce à quoi ils aspiraient, etc. Arrivé de Daegu à la rentrée scolaire, Taeil s'était senti perdu ici, si bien que ses conversations avec Seuljae l'avaient beaucoup rassuré sur de nombreux points.

Seuljae se souvenait encore bien de leur rencontre, au début du mois de novembre : Taeil se trouvait au pied de l'immeuble, son portable en main, et cherchait à l'aide de son GPS la supérette la plus proche. Son aîné l'avait croisé à ce moment-là et lui avait proposé de lui montrer l'itinéraire. Il avait appris à cette occasion que Taeil et sa grand-mère avaient déménagé pour se rapprocher de son université. Ils avaient discuté le temps de leur aller-retour, et le courant était bien passé.

Ils étaient devenus amis, du moins ils se considéraient ainsi tous deux : Seuljae en effet, parce qu'il consacrait sa vie entière à ses études, ne s'accordait jamais une minute de répit, pas même pour un repas avec son cadet, ou bien pour une soirée détente devant la télévision. Autrement dit, leurs interactions se limitaient à ces conversations dans la rue et dans les transports en commun... bien que parfois, Seuljae profite de leur trajet de bus pour sortir ses fiches et les relire, au plus grand dam de Taeil qui, malgré tout fasciné et admiratif, n'osait jamais s'interposer entre lui et ses précieuses notes de cours.

Arrivé à son arrêt, Taeil salua son ami et descendit, le sourire aux lèvres. Son visage rayonnant ensoleillait la journée de Seuljae qui se réjouissait d'avoir rencontré quelqu'un comme lui. Les étudiants de sa promotion en effet s'avéraient souvent pince-sans-rire, voire antipathiques. Il s'agissait de jeunes gens épuisés, las de passer leur vie à réviser et qui, parfois, supportaient mal la pression exercée par leurs supérieurs. Quant à ses camarades les plus agréables, Seuljae les croisait peu, si bien qu'il les connaissait moins bien encore que Taeil. De nature réservée, il discutait peu avec le personnel, même à l'occasion de ses pauses.

Quand il rentra ce soir-là, le soleil s'était couché depuis déjà bien longtemps. Fatigué mais satisfait, Seuljae se glissa sous sa couette après un dîner rapide et poussa un soupir heureux. Une nouvelle journée parfaite venait de s'écouler pour lui…

~~~

S'il existait bien une chose que Seuljae détestait, c'était descendre les ordures : le sous-sol dégageait quelque chose de sinistre, et en plus d'une poubelle cassée qui mourait ici depuis des mois, dans un coin du local s'entassaient les objets encombrants. Des cagettes de bois, des meubles, parfois, attendaient là que le propriétaire se décide à contacter l'entreprise qui viendrait l'en débarrasser. Heureusement que l'endroit était grand, de cette manière aucun locataire n'était gêné par cet empilement de bric-à-brac. Or, parce que tout tenait en équilibre précaire, il arrivait que l'un des objets bascule, et du fait de son appartement au rez-de-chaussée, juste au-dessus, Seuljae avait été, une nuit, réveillée par une cagette tombée du sommet de cette montagne informe.

Taeil s'était moqué de lui pendant dix minutes lorsqu'il lui avait raconté la peur qu'il avait eue. C'était d'ailleurs à cette occasion, peu après leur rencontre, que Seuljae avait remarqué son sourire magnifique et son rire cristallin. Taeil était sublime quand il riait…

Une fois sa poubelle jetée, Seuljae se hâta de sortir. Une porte menait sur un escalier pour remonter et rejoindre la rue sans avoir à passer par le bâtiment. Ce matin-là, l'étudiant ne croisa pas son cadet qui, la veille, lui avait expliqué n'avoir cours qu'à partir de dix heures. Dommage : il peinait peut-être à le montrer, mais il aimait beaucoup bavarder avec lui, même quand il ne s'agissait que de discuter du soleil ou bien des cours que Taeil suivait.

Un jour, ils avaient parlé pendant vingt minutes de tteokbokkis. Après ça, Seuljae était convaincu qu'un rien pourrait leur permettre de tenir une conversation d'une journée entière...

Parce qu'il terminait plus tôt ce soir-là, il vit monter, quelques arrêts après le sien, Taeil. Seuljae lui adressa aussitôt un signe de la main enthousiaste, avec un large sourire qui plissait davantage son regard. Son cadet, qui arborait jusque-là un air impassible, laissa à son tour son visage exprimer sa joie, et il rejoignit son ami auprès de qui il s'assit. Ses fiches toujours sous les yeux, l'aîné lui demanda comment s'était déroulée sa journée.

« C'était épuisant, soupira Taeil, heureusement que Jihwan était là pour me motiver à continuer de suivre, sinon je crois que je me serais barré avant la fin.

— À ce point ? s'étonna Seuljae.

— Je te jure, le cours le plus barbant du monde, une horreur. »

Âgé de seulement dix-huit ans – autrement dit cinq ans de moins que son ami –, Taeil n'était encore qu'au début de ses études supérieures. Il considérait

Seuljae comme un véritable modèle, si ce n'était un héros.

Les deux garçons poursuivirent la conversation sur un sujet plus léger et se séparèrent dans le hall de l'immeuble, quand Seuljae rentra chez lui tandis que Taeil continuait pour emprunter les escaliers jusqu'au premier étage.

~~~

Seuljae s'était couché tard cette nuit-là, du fait d'interminables révisions entrecoupées de tasses bien chaudes de tisane. Il dormait d'un sommeil profond et paisible quand un vacarme monstre retentit. Réveillé en sursaut, Seuljae ouvrit les paupières et se redressa d'un même mouvement. Son cœur battait de manière frénétique, il appuya une main sur sa poitrine dans l'espoir de calmer ses palpitations. Les idées embrouillées, il comprit bien vite l'origine du brouhaha : le bazar de la cave s'était cassé la gueule à nouveau. Il avait distinctement entendu le résonnement du bois sur le sol de pierre, et ça ne le surprit pas : en passant ce matin-là pour jeter son sac poubelle, il avait bien remarqué l'équilibre précaire d'une palette posée sur une armoire elle-même sur plusieurs cartons aplatis dont Seuljae doutait de la stabilité.

Le jeune homme eut besoin de plusieurs minutes pour se remettre de ses émotions. Or, alors qu'il s'apprêtait à se rendormir, un nouveau son monta des caves, un son étouffé, pareil à un grognement rauque.

« C'est pas un monstre, c'est pas un monstre, se répéta Seuljae sous son drap. Tu te fais des films, tu deviens dingue, y a aucun bruit, c'est dans ta tête. »

Décidé à ignorer ce son terrifiant, il changea pourtant d'avis quand, quelques instants plus tard, alors que le bruit avait cessé, un glapissement retentit.

Un glapissement poussé par une personne qui existait bel et bien. Tout à coup, il germa dans l'esprit de Seuljae l'idée que quelqu'un avait fait s'écrouler, sans y prendre garde, cette fameuse pile de bazar. Quelqu'un sur qui cette dernière s'était alors effondrée.

Le jeune homme quitta immédiatement son lit et, sans prendre la peine d'enfiler des chaussures, il sortit de son appartement pour rejoindre le local à ordures. Dans le hall de l'immeuble, la fraîcheur de l'hiver lui mordit les doigts et le nez. Sans y prêter la moindre attention, il poursuivit son chemin. Il gagna les escaliers et s'enfonça en direction des caves, d'où déjà il entendait de manière plus distincte les couinements s'élever. Habillé d'un t-shirt et d'un jogging, il frémit pourtant non de froid mais de crainte.

Même s'il se doutait qu'aucune créature n'allait l'attaquer, il ne se sentait pas rassuré. La température chuta tandis qu'il descendait les dernières marches, et il poussa une lourde porte pour arriver à destination. Sans hésiter une seconde de plus, terrifié du fait de la pénombre qui y régnait – et il s'était précipité là, si bien qu'il n'avait rien pris pour s'éclairer ! –, il appuya sur l'interrupteur. La pièce alors s'illumina de manière si vive que Seuljae dut baisser les yeux plusieurs secondes durant.

Néanmoins, pas besoin de les ouvrir désormais pour reconnaître à qui appartenait la voix qui exprimait sa douleur en de petits gémissements.

« Tae ? Tu vas bien ? s'inquiéta son ami qui n'avait toujours pas trouvé la force de relever le regard.

— Hyung... je t'en prie, aide-moi... »

Quand enfin il parvint à braver la lumière, Seuljae tourna son attention sur le tas d'objets encombrants, dont il découvrit avec horreur qu'il s'était bel et bien effondré sur son cadet. Le pauvre gisait au sol, assis près du monticule qu'il avait réussi à repousser à l'aide de ses mains pour s'en extirper. L'angle suspect de sa cheville attira aussitôt le regard de Seuljae.

« Oh putain, il s'est passé quoi, Tae ? Tu peux te lever ?

— Je peux pas, souffla le jeune homme, ça fait tellement mal... »

Habillé d'un gilet épais ainsi que d'un pantalon de jogging fourré, il n'avait par chance subi aucune autre blessure, pas même une égratignure. L'aspirant médecin approcha et s'accroupit auprès de son cadet. Il observa son articulation abîmée, passa les doigts dessus avec une infinie délicatesse, et il se redressa.

« Je vais appeler l'hôpital, décida-t-il. Allez, viens là. »

Il se pencha pour glisser les bras dans le dos et sous les genoux de Taeil qu'il souleva sans mal. L'étudiant s'accrocha à lui, les bras enroulés autour de sa nuque, et ferma les paupières en se mordant la lèvre pour empêcher sa douleur de s'exprimer.

« Comment tu t'es débrouillé pour faire tomber ce bordel, et qu'est-ce que tu foutais ici à cette heure ? soupira Seuljae en remontant les escaliers.

— Ma grand-mère avait besoin que je sorte les poubelles, elle a attendu de devoir aller se coucher pour me prévenir, expliqua Taeil en se serrant contre son aîné. J'ai oublié de prendre mon portable, alors j'avais aucune lumière, et je trouvais pas l'interrupteur. J'y suis allé à tâtons, et j'ai trouvé la poubelle, mais en revenant… j'ai dû pousser un truc de ce tas de merdes, parce que ça s'est écroulé sur moi. J'ai senti ma cheville craquer, et si j'ai réussi à écarter tout ce qui m'était tombé dessus, je me suis en revanche vite rendu compte que ça me permettrait pas de me relever. »

Seuljae entra chez lui. Il alla d'abord déposer Taeil sur son propre lit, puis il fila chercher son portable qu'il alluma en même temps qu'il apportait à son ami un paquet de légumes surgelés qu'il pourrait presser contre sa cheville.

« Désolé, s'excusa-t-il en le lui tendant, j'avais que ça…

— C'est rien, sourit Taeil, c'est déjà vraiment gentil d'y penser, merci.

— Je vais téléphoner aux urgences, j'en ai pour deux minutes. »

Taeil opina et, une fois le sachet glacé calé contre son pied, il poussa un soupir puis s'allongea. Les yeux brillants de larmes qu'il retenait, il essaya – en vain – d'apaiser les palpitations effrénées de son cœur.

« Tae ? »

L'appelé sursauta quand son ami, revenu, l'interpela.

« Oui ? s'enquit-il.

— Une ambulance va arriver d'ici quelques minutes. Je vais monter voir ta grand-mère pour lui demander de t'accompagner. T'habites à quel numéro, déjà ? »

Au premier étage se trouvaient trois appartements, et il ignorait auquel sonner.

« Non, pas besoin, la dérange pas, refusa Taeil. Je veux pas la déranger, surtout qu'elle a peut-être réussi à s'endormir.

— Ouais… Je vais juste laisser un mot sur sa porte, histoire de la prévenir. Va peut-être falloir t'opérer, et j'ose même pas imaginer son inquiétude en se réveillant si son petit-fils a disparu.

— Je lui enverrai un message, t'embête pas, reste avec moi. »

Seuljae, attendri, opina… puis fronça les sourcils.

« Mais… je croyais que t'avais pas ton portable, se rappela-t-il. Tu veux lui en envoyer un avec le mien ? »

Taeil leva sur lui un regard d'abord surpris, puis qui se vida de toute émotion, pour enfin se remplir de peine lorsqu'il éclata en sanglots. Seuljae, se demandant ce qu'il avait bien pu dire de mal, paniqua à cette réaction et, sans réfléchir, il s'assit à côté de son ami au-dessus duquel il se pencha pour l'enlacer avec douceur. Les bras enroulés autour de ses épaules, il remonta une main le long de sa nuque pour lui caresser les cheveux de manière tendre. Taeil lui rendit son étreinte sans cesser de pleurer, et dans l'espoir de le calmer avant l'arrivée de l'ambulance, son aîné lui embrassa le front en lui murmurant des paroles affectueuses.

« Tae, qu'est-ce qui t'arrive ? Il s'est passé quelque chose ? Dis-moi tout…

— Hyung… ma grand-mère… e-elle…

— Elle va bien ? s'inquiéta Seuljae alors que l'autre se laissait de nouveau submerger par la peine.

— Elle a jamais habité ici, craqua Taeil. J'avais nulle part où aller, et comme la porte du local à poubelles ferme pas et qu'il commençait à faire trop froid dehors, je suis venu dormir dans les caves. »

En dépit de ces réponses trop succinctes pour qu'il comprenne ce qui était arrivé à son cadet, Seuljae saisit au moins une chose : Taeil n'avait nulle part où aller, personne pour le soutenir et chez qui habiter. Une fois sorti de l'hôpital, que deviendrait-il ? Sans domicile, avec des béquilles pour se déplacer… que se passerait-il s'il décidait de revenir dans les caves ? Elles étaient froides, humides, insalubres (ce qui expliquait le parfum qu'il mettait chaque jour) : il risquait d'empirer son état.

« C'est rien, Tae, tenta-t-il pour le consoler, tu viendras à la maison, comme ça, en plus, je pourrai m'occuper de toi. Tant que je serai là, t'auras un endroit où aller, je te le promets. Tu resteras autant que tu veux, moi ça me fera plaisir. »

Jusqu'à présent désespéré, Taeil hoqueta du fait de ses sanglots qu'il lui fallut plusieurs minutes pour apaiser. Quand Seuljae s'écarta de lui, il s'essuya le visage en tentant de calmer sa respiration, puis il leva sur lui de grands yeux suppliants.

« C'est vrai ? souffla-t-il. Ça te gênerait pas ?
— Non, je t'assure.
— Je peux pas accepter, refusa pourtant tout à coup le jeune homme, c'est vraiment gentil, mais je veux pas m'imposer.
— Tu t'imposes pas, voyons, je vais pas te laisser dans cet état. Je me moque de la raison pour laquelle t'as nulle part où aller, t'es mon ami et je vais pas te laisser te rétablir d'une blessure dans une cave ou je ne sais où.
— Mais... je vais te gêner quand tu travailleras...
— Pas le moins du monde. Tu pourras lire, regarder la télé, écouter de la musique, tout ce que tu veux. Moi, tant que je suis à mon bureau, rien ne peut me distraire.
— T'es sûr ?
— Moi oui, c'est toi qui doutes, je te rappelle, répliqua Seuljae d'un ton malicieux.
— Je... hyung, merci, c'est tellement gentil de ta part ! »

Sur ces mots, ses yeux s'embuèrent de plus belle, cette fois sous l'effet de l'émotion provoquée par ce geste généreux. Il s'assit pour étreindre de nouveau son aîné dans le cou de qui il cacha son visage mouillé. Touché de ce mouvement qui prouvait son désespoir, Seuljae lui caressa le dos.

Leur bulle éclata quelques instants plus tard, lorsque l'on sonna à l'interphone. Seuljae se pressa d'ouvrir, et deux ambulanciers entrèrent. Seuljae les salua – ils se connaissaient – puis leur indiqua où se trouvait son ami. Taeil, avec leur aide, se redressa et quitta l'immeuble à cloche-pied jusqu'à gagner le véhicule qui les attendait juste devant.

« Tu viens ? lança un des hommes à l'attention de Seuljae.

— Ouais, j'arrive, » opina ce dernier sans hésiter.

Son collègue acquiesça et l'autre se hâta de retourner chez lui enfiler un jean. Il changea de t-shirt et attrapa au vol sa doudoune la plus chaude. Une fois son smartphone et son portefeuille glissés dans ses poches, il rejoignit l'ambulance. Taeil, désormais dans la camionnette, se trouvait allongé sur un brancard. Son ami grimpa et, installé auprès de lui, il lui prit la main.

« Si on sort de l'hôpital pour le petit déjeuner, on ira se poser dans un petit restau pas très loin, promit-il, on se prendra des petits gâteaux encore chauds avec un chocolat ou un thé. Ça te va ?

— Ce serait génial, approuva Taeil, j'adorerais. »

Ils arrivèrent en peu de temps, et très vite le blessé fut amené auprès d'un médecin que Seuljae connaissait bien, puisqu'il avait déjà travaillé sous sa supervision. Les deux hommes se saluèrent avec un sourire, et après quelques examens et formalités qui parurent durer des heures, la cheville cassée de Taeil put être prise en charge au bloc opératoire. Seuljae resta avec le patient autant que possible, de cette manière il le rassurait et permettait à ses collègues de gérer au mieux l'accident.

Il n'assista pas à l'opération, de sorte qu'il put se détendre un peu en salle d'attente. Il y termina sa nuit, et quand le chirurgien vint le chercher, ce fut pour lui annoncer que tout s'était passé à merveille et qu'une chambre avait été attribuée à Taeil pour qu'il se remette de ce moment qui l'avait secoué. Seuljae se hâta de le rejoindre, en bien meilleure forme maintenant qu'il était reposé.

Il poussa la porte qui lui avait été indiquée après avoir reçu l'autorisation d'entrer et adressa un large sourire à son cadet. Ce dernier, assis sur le lit, jambes tendues devant lui, lui rendit son sourire, l'air fatigué.

« Tu te sens mieux ? s'enquit Seuljae en s'installant à ses côtés.

— Ouais, opina-t-il. Ça fait mal, mais on m'a donné des antidouleurs alors ça reste supportable. Ils ont dit que je resterai avec un plâtre six semaines, et que je devais pas poser le pied par terre.

— Ça m'étonne pas. Ça va aller ? On t'achètera des béquilles en partant, que tu puisses quand même te déplacer.

— C'est gentil, mais je préfère pas.

— T'es sûr ? Ce serait quand même plus pratique, non ?

— Oui, mais... je... je peux pas.

— Taeil... est-ce que tu veux dire que t'as pas assez d'argent ? » osa Seuljae après une hésitation.

D'un hochement de tête, son ami répondit par l'affirmative. L'autre esquissa alors un sourire attendri.

« T'inquiète pas pour ça, j'ai largement assez de côté pour t'offrir ça, et ça me fait plaisir d'aider, alors t'avise pas de répliquer.

— Mais...

— J'ai dit quoi ? l'interrompit Seuljae. Je t'en achèterai, un point c'est tout.

— Merci pour tout, murmura Taeil. C'est tellement gentil de ta part...

— Tant que je ne te vois plus jamais pleurer, je suis heureux. Alors sois heureux aussi. »

Et il lui passa la main sur la joue de manière tendre. Taeil en frissonna de plaisir, et pour la première fois depuis son accident, il offrit à Seuljae son plus beau sourire, celui qui était si large et qui prouvait que sa joie n'était pas feinte.

« On t'a dit quand tu pourras quitter la chambre ? demanda Seuljae en lui ébouriffant les cheveux.

— Quand j'en avais envie, ils me l'ont attribuée pour toute la matinée. C'est juste que j'ai... j'ai fait un malaise pendant l'opération, alors ils m'ont conseillé de me reposer et de manger un truc. Mais c'était la fatigue, le stress et la douleur.

— Ah, merde... »

Seuljae jeta un regard à sa montre : bientôt huit heures du matin.

« Repose-toi un peu, conseilla-t-il. Moi, je vais aller nous acheter le petit déjeuner et je le rapporte ici. Ensuite on verra comment on s'organise. T'étais supposé avoir cours à quelle heure ?

— À neuf heures.

— Tu connais le numéro de Jihwan, pour lui demander les cours ?

— Je l'ai sur mon portable, oui.

— Et il est où, ton portable ?

— Dans le local à ordures...

— C'est là que tu vivais ? souffla Seuljae.

— Oui : je cachais chaque matin mon duvet et quelques affaires derrière les poubelles.
— Tae, pourquoi t'as pas demandé d'aide… ?
— J'avais personne à qui demander.
— T'as pas de la famille ?
— Ils ne veulent plus entendre parler de moi.
— Des amis ?
— Je veux pas être un poids pour eux. Je préfère vivre avec mes propres moyens.
— Je te connais pas, je sais pas pourquoi ta famille a décidé de se séparer de toi, mais je te fais confiance, moi. Je me sentirai pas rassuré tant que t'auras pas un endroit fixe où vivre. Alors jusqu'à ce que t'aies de quoi louer ton propre appartement, s'il te plaît, vis avec moi.
— Hyung…
— T'es d'accord ?
— Oui, merci, merci mille fois ! »
Et si cette fois l'émotion le submergea, il ne versa pas la moindre larme, trop euphorique à l'idée de retrouver le confort d'un appartement.
« Allez, dors un peu, j'en ai pour une vingtaine de minutes, je reviens vite. »
Taeil acquiesça, et alors que son ami sortait, il s'allongea. Après quelques instants à peine, il dormait déjà. Par conséquent, quand Seuljae reparut, il esquissa un rictus et abandonna son sac de papier au pied du lit près duquel il plaça une chaise. Il avait profité de son trajet pour informer qu'une urgence l'empêcherait de venir ce jour-là, et du fait de son habituel sérieux, personne n'avait posé plus de questions, lui accordant aussitôt sa journée.

Rassuré de voir son ami assoupi, l'air serein, l'étudiant tira son portable de sa poche et ouvrit l'application sur laquelle il entrait ses fiches de révisions. De cette manière, il travailla une partie de la matinée, jusqu'au réveil de Taeil, près de deux heures plus tard.

« Salut, lança Seuljae qui avait tourné son attention sur lui dès qu'il l'avait entendu remuer, bien dormi ?

— Il est quelle heure ? marmonna son cadet en se frottant les yeux.

— Bientôt dix heures et demie, mais si t'es toujours partant pour un petit déjeuner, tout est là, et je peux aller réchauffer les boissons.

— Moi ça me va. »

Il avait retrouvé son sourire aussitôt qu'il s'était souvenu de la promesse de ce succulent repas. Seuljae donc quitta la chambre sans attendre pour rejoindre une salle commune où se trouvaient des micro-ondes. Il revint peu après, deux gobelets fumants à la main. L'odeur mit Taeil en appétit, et son aîné approcha une petite table sur laquelle il posa deux pains au chocolat en plus des boissons.

« Je me suis dit que tu mangeais sûrement pas beaucoup de viennoiseries, expliqua Seuljae en jetant le sac à la poubelle, c'est généralement pas ce qu'on mange ici, mais en France, c'est beaucoup plus populaire. Tu m'avais dit que t'aimais la France, non ?

— Ouais, carrément ! »

Il en parlait souvent : il rêvait de s'y rendre un jour pour visiter Paris.

« Alors bon appétit ! »

Taeil n'attendit pas une seconde de plus pour s'attaquer à son croissant, dont il croqua un morceau tandis que Seuljae le plongeait dans son chocolat chaud. Quand son cadet le vit agir, il décida de l'imiter, et une exclamation de plaisir lui échappa.

« C'est trop bon ! se réjouit-il. Merci, encore merci pour tout, hyung ! »

Ravi de constater qu'un petit déjeuner à quelques milliers de wons plaisait tant à Taeil, Seuljae lui rendit son sourire. Ils se régalèrent, et partager ce moment leur permit de resserrer les liens. Taeil se sentait choyé comme il ne l'avait plus été depuis des mois, et l'attention que son ami lui portait lui réchauffait le cœur, lui offrant la sensation que non, il n'était pas le minable que sa famille se figurait.

Une fois leur repas terminé, ils convinrent de rentrer chez l'aîné, et sans plus hésiter, ils allèrent indiquer à l'accueil que Taeil quittait sa chambre. Après de nouvelles formalités, ils partirent. Seuljae avait contacté un taxi qui les attendait, et il aida son cadet à passer de son fauteuil roulant à la banquette arrière du véhicule, après quoi l'infirmière qui les accompagnait reprit l'objet en saluant les deux garçons.

Le trajet fut court, et lorsqu'ils furent arrivés, ils se débrouillèrent pour regagner l'appartement sans encombre : Seuljae descendit le premier de la voiture et se pencha pour attraper son ami qu'il hissa dans ses bras sans grandes difficultés. Taeil se blottit contre lui en grelottant, le corps tout à coup attaqué par le froid de janvier. Ils se hâtèrent de retrouver la chaleur agréable de ce qui était désormais leur domicile.

Seuljae, après avoir tapé son code, poussa comme il le pouvait la porte qu'il franchit au plus vite, et sans retirer ses chaussures il alla déposer Taeil dans son lit puis remonta sur lui le drap et la couette. Un soupir de satisfaction échappa au jeune homme qui se fondit sous les couvertures au point que seuls son front et ses cheveux demeuraient visibles.

« Hyung…
— Oui ?
— Je ne veux plus jamais quitter ton lit.
— Si ça peut te rassurer, tu risques effectivement d'y passer un bon bout de temps, rit Seuljae qui était retourné dans l'entrée pour enlever ses baskets – lui qui avait froid aux pieds avec, il n'imaginait même pas comment Taeil avait dû se sentir, puisqu'il ne portait que des chaussettes !
— T'es trop gentil, je suis tellement bien, ici.
— Et ça fait seulement deux minutes qu'on est arrivés.
— T'es sûr que je te dérangerai pas ? Tu dormiras où ?
— Dans le lit.
— Il est pas un peu étroit ?
— Pas si je l'ouvre. »

Revenu au chevet de son ami, Seuljae esquissa un sourire attendri en voyant sa petite bouille surprise s'extirper de sous les draps.

« Il s'ouvre ?
— Ouais, regarde. »

Et il désigna du doigt le cadre du lit. Taeil observa, sceptique.

« Je suis supposé voir quoi ?

— Que ce lit est tellement bien monté que l'illusion est parfaite. Mais crois-moi, ce soir tu verras : il s'ouvre. Là, t'es pas allongé sur un gros matelas, mais sur deux petits. Faudra quelques minutes pour tout installer correctement, mais on pourra dormir tous les deux sans soucis. En plus, comme c'est deux matelas séparés, il suffit de coincer nos couvertures entre les deux pour être sûrs qu'on se rapproche pas trop l'un de l'autre, donc aucune crainte : je risque pas de te donner un coup de pied dans la cheville pendant que je dors. »

Taeil afficha un sourire rayonnant, rassuré de savoir qu'il ne gênerait pas son sauveur.

« Y a souvent des gens qui viennent chez toi ? demanda-t-il. C'est pour une raison particulière que t'as pris un lit comme ça ?

— Mon grand frère, surtout, et puis je me dis que si un jour je suis en couple, ce sera plus confortable qu'un lit minuscule.

— Oh, je vois… mais d'ailleurs… enfin…

— Oui ? l'encouragea Seuljae.

— T'as pas peur que je te dérange si justement tu veux ramener quelqu'un ici pour la nuit ? »

Seuljae écarquilla les yeux et, après un court instant de flottement, il s'esclaffa. Son rire, bruyant et surprenant, fit glousser Taeil.

« Dois-je comprendre que c'est pas ton genre de ramener qui que ce soit chez toi ?

— Déjà que j'ai pas le temps d'être en couple ! C'est pas pour me taper des quasi-inconnus ! rit Seuljae. J'ai quelques amis à l'hôpital, mais… pff, même pas, en fait : c'est plus des collègues qu'autre chose. Même quand on s'entend bien, on se contente de parler boulot. Ils sont très gentils, j'ai rien du tout contre eux, mais je suis juste pas très à l'aise avec les relations sociales.

— Ah bon ? Pourtant j'aime toujours beaucoup discuter avec toi ! remarqua Taeil.

— J'en suis heureux, et c'est réciproque, mais c'est parce qu'on est pas collègues, j'imagine : y a moins à partager sur le travail, alors on a plus facilement tendance à évoquer notre vie perso. Genre tu sais que j'ai un grand frère, mais mes collègues, ils sont pas au courant.

— Oh, je vois... »

La discussion close, Seuljae changea de sujet :

« Tu veux que j'aille chercher ton portable pour prévenir Jihwan ? Il doit s'inquiéter pour toi, non ?

— Je veux bien, merci beaucoup. Mes affaires sont cachées derrière la poubelle cassée.

— Ah, c'est ton point de repère ? le taquina son aîné.

— Pas spécialement, c'est juste que comme elle est foutue, personne ne jette ses ordures dedans, du coup le proprio la sort pas, et mes affaires sont jamais découvertes.

— Et tes affaires, c'est... ?

— Un duvet et mon sac de cours.

— C'est tout ? s'étonna Seuljae.

— Oui. Dans mon sac y a toutes mes affaires de cours, mon portable, son chargeur et mon portefeuille.

— T'as pas d'ordi ?

— J'utilise ceux de la bibliothèque universitaire, je me suis juste acheté une clé USB…

— D'acc, je vais te chercher tout ça, je reviens vite ! Ensuite je nous préparerai du thé et on se mettra un film, ça te va ?

— Carrément ! »

Alors qu'il avait perdu son sourire quelques instants auparavant, Taeil le retrouva à l'idée de passer une si agréable matinée auprès de son ami. Bien décidé à prendre soin de lui, Seuljae était déterminé à lui offrir de bons moments, et un réconfort sans faille. Pour quelle misérable raison pouvait-on condamner un garçon comme lui à la rue ? Un parent digne de ce nom n'agirait pas ainsi.

À la cave, dans la cachette indiquée, Seuljae trouva bel et bien un sac de couchage et un épais sac de cours. Jamais il n'avait vu le cartable de son ami si plein, et il devina que le jeune homme devait laisser ses affaires inutiles ici quand il se rendait à l'université.

Il rapporta le tout dans son appartement et, une fois déchaussé, il se planta devant Taeil.

« Ça, t'y tiens ? le questionna-t-il en montrant le duvet – chose glaciale et dégoulinante d'humidité dans laquelle Taeil avait dormi pendant deux mois.

— Bah un peu, quand même. C'est mon lit, répliqua Taeil avec une moue dubitative.

— Ok, donc je te la fais courte : ce truc, c'est un nid à bactéries, c'est un miracle que t'aies rien chopé avec. Donc ton lit, maintenant, c'est celui dans lequel tu te trouves actuellement, et moi je vais jeter ce chiffon à la poubelle.

— Mais je…

— Pas de mais ! le coupa Seuljae. Je ne t'autoriserai à quitter mon appartement que lorsque t'en trouveras un à toi, pas avant. Tu n'auras plus besoin de ça. »

Et cette phrase, cette seule phrase, bouleversa Taeil qui réprima les larmes qui lui montèrent aux yeux. Les prunelles brillantes d'émotion, il observa son aîné replier l'horreur à l'odeur douteuse dans laquelle il avait passé des nuits qu'il ne risquait pas d'oublier : des nuits pendant lesquelles il avait eu froid, peur, et pendant lesquelles il avait pleuré au point que c'était peut-être ses larmes, cette humidité qui avait imbibé le sac de couchage. Il n'avait réussi à y trouver le sommeil que du fait de son épuisement, et pas une fois il n'y avait connu de repos serein.

« Merci, hyung, » souffla-t-il.

Son ton alerta Seuljae qui releva la tête de sa tâche et, en découvrant son cadet dans cet état, vint l'enlacer sans plus attendre.

« Eh, ça va aller, Tae, je te promets que ça va aller. T'es entre de bonnes mains, maintenant, c'est fini les nuits dans la cave, promis. »

Comme si cette étreinte lui assurait le droit de se laisser aller, Taeil fondit en larmes en enroulant les bras autour de la nuque de Seuljae. Ce dernier lui caressa les cheveux tandis que l'autre avait réfugié le visage dans son cou.

Ils demeurèrent longtemps dans cette position, même si le plus jeune calma ses sanglots après quelques instants. Il avait besoin de cette affection, de cette attention, de cet amour fraternel. Il avait besoin de Seuljae pour veiller sur lui. L'aîné avait compris cette nécessité, si bien qu'il décida de consacrer tout le reste de sa journée à son patient et ami. Tant pis pour ses cours, ça ne pressait pas et il ne s'agissait que de révisions.

Pour réconforter Taeil, lui permettre de se sentir mieux dans sa peau, il pouvait bien lui accorder ces quelques heures.

« Dis, ça te plairait de manger fastfood à midi ? Hamburger, frites et soda ! proposa-t-il sans s'écarter beaucoup de lui.

— Oh, oui ! Ce serait génial ! Ça fait tellement longtemps que j'en ai pas mangé, j'adorerais ! »

Taeil resserra son étreinte dans un gloussement ravi qui tira un sourire à Seuljae. Ce dernier lui tapota le dos avec tendresse puis recula pour planter son regard dans le sien en lui demandant ce qu'il voulait. Son cadet lui énuméra tout ce qu'il désirait, et il passa commande pour une heure de l'après-midi – leur petit déjeuner ne remontait pas à très longtemps, après tout. On leur livrerait leur plat à domicile.

« En attendant, on pourrait se reposer devant un film, suggéra Seuljae. T'en dis quoi ?

— J'en dis que ça me plairait beaucoup. »

Son regard criait sa sincérité, et Seuljae opina aussitôt, soulagé que ces petites choses plaisent autant. Sur son bureau, face au lit, se trouvait son ordinateur portable qu'il ouvrit, et il sélectionna un film qu'il appréciait pendant que Taeil envoyait un message à Jihwan afin de lui expliquer son absence, le rassurer et lui demander de lui faire parvenir les cours par mail.

Jihwan – Omg, la cheville cassée ! T'as pas trop souffert ? Mon dieu, heureusement que ton voisin t'a tiré de là ! Mais pourquoi t'habites avec lui, du coup ?

Taeil fit la moue : il avait raconté le même mensonge à Jihwan qu'à Seuljae, mais afin qu'il ne se fasse pas davantage de souci, le jeune homme décida de lui dissimuler la vérité. Il la lui avouerait plus tard.

Taeil – Ma grand-mère pourrait pas s'occuper de moi correctement, elle est trop âgée, je serais un boulet monstre pour elle. Hyung est étudiant en médecine, alors avec lui, je suis assuré de n'avoir aucun problème, aucune complication : il prend bien soin de moi. :3

Rassuré, Jihwan ne chercha pas plus loin, il lui souhaita un bon rétablissement et un bon repos, lui promettant qu'il lui enverrait tout le nécessaire chaque soir. Son ami le remercia mille fois pour sa gentillesse, et la conversation s'arrêta tandis que Seuljae regagnait le lit après avoir choisi non un film mais une série, Squid Game.

« Tu l'as déjà regardée ? demanda-t-il à Taeil.

— Non, mes parents avaient pas Netflix. Et puis ensuite... bah j'allais pas gâcher de l'argent que j'avais pas pour regarder des séries en minuscule sur mon portable. Et toi, tu l'as déjà vue ?

— Pas le temps, rit Seuljae, les cours avant tout.

— Et pas aujourd'hui ?

— Aujourd'hui, le plus important, c'est toi. »

Et ces mots prononcés, l'aîné se glissa sous la couette en veillant bien à ne pas effleurer les pieds de son ami contre qui il se serra en passant le bras autour de ses épaules. D'abord surpris, Taeil se sentit réconforté, protégé, et il posa la joue sur lui, se blottissant contre lui qui lui caressa le bras.

Les deux garçons suivirent la série avec fascination, si bien qu'après deux épisodes, ils sursautèrent quand on sonna à l'interphone.

« J'ai failli faire une crise cardiaque ! se plaignit Taeil, une main sur le torse.

— C'est le livreur, je vais ouvrir, » indiqua Seuljae en se redressant à la hâte.

Il partit sans même prendre le temps de mettre le drama en pause, mais il revint très vite, un sac en papier à l'odeur alléchante entre les mains.

« C'est l'heure de manger ! » se réjouit-il.

Il abandonna le paquet au pied du lit et fila chercher un torchon dans la pièce attenante. Il en étala la moitié sur les cuisses de Taeil avant de se faufiler de nouveau sous la couverture pour placer l'autre moitié sur lui. Il se pencha ensuite pour récupérer leur déjeuner, et tous deux mangèrent ici, comblés par ce repas dont ils profitaient bien au chaud et devant une série qu'ils adoraient déjà !

Une fois leurs déchets dans le sac près d'eux et le torchon replié puis laissé à côté, ils reprirent leur position initiale, l'un dans les bras de l'autre. Le troisième épisode s'acheva, le quatrième aussi, et au cinquième, Seuljae s'aperçut que son ami s'était endormi tout contre lui. Attendri par le spectacle du bel adonis assoupi, il n'osa pas le tirer de son sommeil. Or, de même, il ne désirait pas continuer Squid Game seul, mais impossible d'éteindre l'ordinateur sans bouger et réveiller Taeil.

Qu'à cela ne tienne, il allait s'occuper comme il préférait le faire : en révisant. Il attrapa son portable posé juste à côté de lui et bascula sur un PDF de cent cinquante-trois pages de cours dont il souhaitait relire une partie qu'il ne se rappelait pas, puis il ouvrit son application favorite. Il s'agissait de cartes mémoire à créer soi-même et avec lesquelles il pouvait s'amuser. De cette manière, son travail prenait des airs de jeu.

Habile de son unique main libre, le repos de Taeil ne le dérangea pas le moins du monde, et une fois dans sa bulle, il n'entendait ni ne voyait plus rien autour, de sorte qu'il ne risquait pas de se spoiler la suite de Squid Game.

Une heure plus tard, Taeil bâilla et remua. Seuljae aussitôt coupa court à ses révisions.

« La petite marmotte se réveille ? le taquina-t-il.

— T'imagines même pas comme je manque de sommeil depuis deux mois, râla l'autre en s'étirant. Je vais profiter de ton lit comme j'avais jamais profité d'un lit avant.

— T'as bien raison, profite. Tu veux que j'aille remettre l'épisode précédent ?

— Je veux bien, merci. »

Seuljae se redressa pour rejoindre le bureau et, parce qu'il avait retenu le moment auquel il avait cessé de regarder, il le retrouva sans mal. Quand il se replaça dans son lit étroit, Taeil se colla à lui sans attendre pour de nouveau poser la tête contre son épaule.

« T'es vraiment trop mignon, gloussa Seuljae en lui caressant les cheveux.

— Me parle pas comme à un enfant, grommela son cadet avec une moue boudeuse.

— Mais t'es tellement chou ! »

Amusé par cette remarque enthousiaste, Taeil gloussa et frotta la joue contre lui. L'après-midi se déroula de cette façon pour les deux garçons. Au moment du dîner, ils partagèrent un plat de nouilles aux légumes et au bœuf préparé en vitesse par Seuljae qui, une fois le repas fini, quitta l'appartement pour « une affaire urgente », promettant à son cadet de revenir dans vingt minutes ou moins.

Taeil en profita pour surfer sur internet et jouer à ses jeux favoris.

« Me revoilà ! lança Seuljae. J'ai un cadeau pour toi, mon Taeil !

— Ah ?

— Ta-daa ! »

Un large sourire naquit sur les lèvres du plus jeune devant la paire de béquilles que lui présentait son ami. Il les lui avait achetées à la pharmacie du coin et en semblait si fier que Taeil faillit lui suggérer de les accrocher au mur.

« Je suis sûr que ça te fera pas de mal d'avoir un peu plus d'autonomie. Comme tu retourneras à la fac seulement la semaine prochaine, ça te laisse le temps de t'entraîner, ne serait-ce que pour aller aux toilettes. »

Taeil opina avec véhémence, ravi, et le remercia pour sa générosité.

Leur soirée se déroula de manière paisible et, une fois venue l'heure de se coucher, Taeil essaya ses béquilles pour se rendre seul à la salle de bains et se brosser les dents. Malhabile, il vacilla à plus d'une reprise, par chance son ami resta près de lui et, s'il ne l'aida à aucun moment, sa présence amena néanmoins Taeil à se sentir plus en confiance.

« Tiens, reste debout encore un peu, je vais ouvrir le lit, » indiqua Seuljae.

Il saisit le cadre du lit et le tira avec douceur. Des roulettes lui permettaient de coulisser, et à peine quelques secondes plus tard, le meuble avait doublé de taille. Seuljae retira les couvertures sous lesquelles ils s'étaient couchés et attrapa un des deux matelas pour le faire basculer sur les lattes à nu. Une fois les couettes replacées, l'illusion était parfaite. On jurerait voir un king size.

« C'est trop classe ! s'émerveilla Taeil. Tu veux dormir de quel côté ?

— Je préfèrerais que tu dormes du côté du mur : je dois me lever tôt demain et je voudrais pas te déranger.

— Ça marche ! »

Taeil posa avec délicatesse ses béquilles au pied du lit. Il se blottit de son côté, sous la couverture coincée entre les deux matelas. Il observa Seuljae le rejoindre. Taeil était vêtu d'un t-shirt et d'un jogging prêtés par son ami qui arborait la même tenue.

L'aîné éteignit la lumière avant de s'allonger à son tour. De paisibles minutes s'écoulèrent pendant lesquelles Seuljae ne put s'empêcher de ressasser les évènements de la journée. Habiter avec Taeil ne lui posait, à titre personnel, aucun souci, et l'argent non plus : ses parents finançaient ses études et lui versaient de manière régulière une centaine de milliers de wons en plus de ce qu'il gagnait avec son stage rémunéré à l'hôpital. Il économisait chaque mois tout en vivant sans se priver. Héberger Taeil donc ne représenterait pas un quelconque sacrifice... et puis même sans-abri, il devait bien manger, non ? Alors il possédait un peu d'argent : Seuljae lui fournirait la nourriture, et son ami pourrait se payer le reste...

« Hyung, tu dors ? souffla une petite voix à peine audible.

— Non. T'as besoin de quelque chose ?

— Est-ce que... est-ce qu'on peut parler d'un truc sérieux ?

— Oui, bien sûr. »

Taeil garda le silence, Seuljae aussi : son cadet cherchait ses mots, il ne souhaitait pas le forcer à s'exprimer.

« Déjà, je voulais te remercier pour tout ce que tu fais pour moi. Je t'en suis infiniment reconnaissant.

— C'est normal d'aider un ami dans le besoin. T'es quelqu'un de bien, Tae, je pouvais pas te laisser dans la galère.

— Dis... est-ce que pour toi, y a une quelconque raison pour laquelle aimer serait immoral ?

— Euh... comment ça ?

— Réponds juste : tu penses que c'est possible qu'un amour sincère soit immoral ?

— Ça dépend de ce que t'entends par « amour sincère » : s'il est question d'un adulte et d'un enfant, ou bien de stalker quelqu'un ou vouloir se l'approprier par amour, je...

— Non, non, l'arrêta Taeil en se tournant pour se placer sur le flanc face à lui. Ça, c'est pas de l'amour, c'est de la folie. Moi je te parle de l'amour, du vrai, quand tu veux juste que l'autre soit heureux, même si c'est sans toi, quand tu l'aimes au point que ton cœur bat juste quand tu vois cette personne.

— Ça n'a rien de mauvais, répondit Seuljae dans un haussement d'épaules. Au contraire, c'est magnifique.

— Vraiment ?

— Bien sûr, pourquoi ?

— Mes parents, ma famille... ils m'ont renié quand... quand ils ont su que j'aimais... un garçon... »

Sa voix était devenue peu à peu si basse que Seuljae faillit lui demander de répéter avant de comprendre. Il entrouvrit la bouche, sur le point de répondre, mais prit quelques instants pour peser ses mots.

« Ils t'ont chassé de chez toi juste parce que t'es pas hétéro ?

— Oui. Moi, j'aime seulement les garçons. J'y peux rien, je suis comme ça depuis toujours, les filles m'attirent pas. J'ai déjà essayé de les regarder comme les autres garçons, continua-t-il alors que sa voix craquait sous l'effet de la peine, mais je... »

Un hoquet de surprise l'interrompit quand Seuljae s'avança tout à coup et l'enlaça avec tendresse. Puisque leurs couvertures coincées entre les deux matelas les séparaient, le contact se limitait à leur buste, mais... ça suffisait déjà : le cœur de Taeil se réchauffa et les quelques larmes qu'il avait senti monter s'échappèrent sans que d'autres naissent. Il évacua son chagrin pour laisser place au soulagement, car à travers cette étreinte, ce seul contact si doux, Seuljae lui prouvait qu'il l'aimait toujours en dépit de ce qu'il venait d'avouer.

« Ça se contrôle pas, les sentiments, Tae. Désirer des garçons fera jamais de toi quelqu'un de mauvais. L'important, c'est pas le sexe de la personne que tu choisiras. Ce qui compte, c'est que cette personne – ce garçon – te rende heureux. D'accord ?

— Merci, hyung, merci beaucoup. T'imagines pas à quel point ça me fait du bien d'entendre ça, murmura Taeil. Je suis tellement heureux que tu le prennes comme ça ! »

Le jeune homme rendit son étreinte à l'aîné de qui il embrassa la joue en signe de reconnaissance.

« T'es le bienvenu ici, Tae, peu importe avec qui tu sors. Tant que ton copain vient pas faire des trucs bizarres avec toi dans le lit, même lui il...

— N-Non, enfin... j'ai avoué à mes parents que j'aimais un garçon, mais lui ne m'aimait pas. On n'est pas ensemble. J'en avais juste marre de mentir à ma famille. J'ai personne dans ma vie, et même si ça avait été le cas, j'aurais pas eu l'idée de l'inviter ici pour faire ça chez toi, je te rassure. Je te respecte beaucoup trop pour ça.

— T'es vraiment un garçon adorable, tu mérites sérieusement rien de ce qui t'es arrivé...

— Oui, mais toi t'es arrivé, alors... c'est peut-être pas plus mal. »

Seuljae lui adressa un sourire que son cadet ne remarqua pas à cause de la pénombre, et à son tour il lui embrassa le front.

« Allez, t'as pas eu une journée facile, conclut-il en retrouvant sa place, dors vite.

— Oui, hyung. Bonne nuit.

— Merci beaucoup, bonne nuit à toi aussi. »

~~~

Les jours s'écoulèrent de manière tranquille pour les deux amis. Taeil et Seuljae passaient néanmoins peu de temps ensemble : dès le lendemain de l'accident, en vérité, il s'était remis à ses révisions ininterrompues, et de peur de le déranger, Taeil ne réclamait pas la moindre attention. Autonome, il cuisinait même parfois pour Seuljae à qui il apportait le dîner tant bien que mal, de moins en moins gêné au fil des jours par ses béquilles. Il avait repris les cours sans encombre, aidé par Jihwan qui portait son sac à chaque changement de salle et l'accompagnait jusqu'à l'arrêt de bus.

Taeil lui avait exprimé, comme à Seuljae, son immense gratitude une bonne centaine de fois.

Les deux amis cohabitaient à présent depuis trois semaines. Taeil était rentré aux alentours de dix-huit heures, et il avait reçu un message de Seuljae le prévenant qu'il ne reviendrait pas avant vingt-et-une heures. Désireux de lui égayer un peu sa soirée, donc, le cadet décida de lui concocter un succulent repas qu'ils avaleraient devant la suite de Squid Game — Seuljae s'accordait en effet si peu de temps qu'ils n'avaient regardé que les cinq premiers épisodes de la série.

Il prépara deux appétissants bols de bibimbap et mit la table avec entrain, convaincu qu'ils passeraient un moment ensemble. Ses révisions ne lui demanderaient à titre personnel pas longtemps, si bien qu'il pourrait se permettre de relire ses cours en se levant le lendemain matin. Cette soirée, il comptait la consacrer à son aîné.

Seuljae franchit la porte à vingt-et-une heures trente. Taeil l'accueillit avec son plus beau sourire – celui que son ami lui rendait toujours.

« Bonsoir, hyung, ça a été, ta journée ?

— Tranquille, et toi ? s'enquit Seuljae en retirant ses chaussures.

— Pareil. Et comme je suis rentré tôt, j'ai préparé le dîner ! On pourra manger devant Squid Game !

— T'es un ange, Taeil-ah, mais là ça va pas être possible.

— Hein ? »

Il avait tout à coup perdu sa bonne humeur. L'air exténué, Seuljae releva un regard désolé vers lui.

« Je dois encore bosser mes cours, aujourd'hui y a eu un cas qu'aucun étudiant a réussi à résoudre. J'aurais dû trouver, mais j'y suis pas arrivé. Si un vrai médecin avait pas été là, je serais resté comme un idiot à chercher dans ma mémoire ce qui pouvait bien se passer et comment guérir cet homme. Je dois travailler.

— Mais… tu meurs de fatigue, ça se voit.

— J'ai beaucoup travaillé, aujourd'hui.

— Raison de plus pour te reposer.

— Je me reposerai cette nuit, là je dois réviser.

— Oh… je comprends, hyung. Dans tous les cas, le bibimbap est sur la table de la cuisine. Ça te remettra d'aplomb.

— Je dis pas non, sourit Seuljae, merci beaucoup, t'es le meilleur. »

Ce compliment égaya un peu l'humeur de son cadet qui lui adressa un regard reconnaissant. Ils s'installèrent tous deux à table, l'étudiant en médecine feuilletait un épais livre de cours tandis que Taeil arborait une moue pensive.

« C'est vraiment bon, le complimenta son ami.

— Merci beaucoup. »

Il lui aurait bien expliqué comment il avait failli faire cramer les carottes, ou bien comment il avait dû improviser la sauce en se rendant compte au dernier moment que son hôte n'en avait pas chez lui… mais il garda le silence, conscient que Seuljae ne souhaitait pas que la conversation s'éternise.

Il nettoya la vaisselle pour épargner cette tâche chronophage à Seuljae qui en profita pour se mettre en pyjama et se laver les dents. Taeil se glissa dans le lit, bien vite imité par son aîné. Son livre toujours entre les mains, il devenait si beau : sa moue concentrée dégageait quelque chose d'attendrissant, par moments il marmonnait quelques mots incompréhensibles, et quand il arrivait à un passage dont il se souvenait mot pour mot, son visage s'illuminait. Taeil avait appris chacune de ses mimiques, parfois il s'amusait à les prédire. Les sentiments transparaissaient sur ses traits comme des phrases sur les pages d'un roman. Évidents, il fallait néanmoins y accorder son attention si on désirait les saisir.

Seuljae éteignit peu après. Taeil n'espéra alors même pas ouvrir le dialogue, il connaissait trop bien son aîné pour ça : à peine de retour sur le lit, le jeune homme tendit la main vers sa table de chevet où reposait sa lampe de lecture. Il l'accrocha à son livre et poursuivit ses révisions avec un simple « bonne nuit » adressé à son ami. Il en allait de même chaque soir : quand Taeil s'allongeait et témoignait de son envie de dormir, il se relevait, pressait l'interrupteur, et revenait terminer son travail. Pas moyen pour son cadet de trouver l'occasion de discuter avec lui.

Ainsi, ils bavardaient essentiellement lors de leurs trajets communs jusqu'à leur arrêt de bus, ou quand ils se rendaient à la supérette.

Taeil s'en accommodait.

~~~

Déjà cinq semaines que Taeil et Seuljae cohabitaient, et tout se passait toujours à merveille, du moins aux yeux de Seuljae. Taeil en effet se sentait de plus en plus peiné par l'indifférence de son aîné à son égard. Il s'échinait à lui préparer ses repas, souvent sous forme de bentos pour qu'il les emporte avec lui, il se chargeait d'une partie du ménage et ne réclamait jamais rien... pourtant l'autre l'ignorait. Seuljae l'appréciait, il n'en doutait pas, mais il lui accordait si peu d'attention. Il ne souhaitait pas rester sans cesse avec lui à discuter ou regarder des séries, mais... juste un peu plus que les trois mots qu'ils échangeaient.

Taeil se sentait insignifiant : un livre de médecine intéressait bien plus son hôte, lui ne valait rien. Or, il n'osait rien dire de peur que Seuljae réplique que s'il en était ainsi, qu'il s'en aille au lieu de se plaindre et de le déranger. Il voulait croire que l'étudiant ne se montrerait pas si ferme, mais quand il constatait combien ses cours comptaient pour lui... il ne pouvait pas s'empêcher de douter.

Or, ce silence l'affectait un peu plus chaque jour.

Quand Seuljae rentra ce soir-là, son cadet se trouvait déjà au lit. Il était dix-neuf heures trente.

« Salut, Tae, je suis là... Ah ? Fatigué ? »

Il ne répondit pas, la tête sous les couvertures. Seuljae fit la moue et, inquiet, s'assit auprès de lui. Il baissa la couette de sorte à révéler le visage de son ami qui le laissa agir.

« Tu vas bien ? Pourquoi t'es couché à cette heure ?

— J'avais envie de me coucher, c'est tout. Je vais bien.

— T'es sûr ?

— Oui.

— D'acc, t'as déjà dîné ?

— Oui. »

Et il reprit les draps pour s'en recouvrir. Sourcils froncés, son aîné entrouvrit les lèvres dans l'intention de l'interroger... avant de se rétracter. Il songea que Taeil était épuisé par sa journée et devait vouloir un peu de calme. De fait, il alla se préparer à manger, son portable sous les yeux pour réviser ses leçons.

Une heure passa, et alors qu'il était concentré sur ses cours, Seuljae perçut un mouvement dans son champ de vision périphérique : Taeil tremblait. Sous la couverture, de légers spasmes le faisaient bouger.

Inquiet cette fois-ci, Seuljae quitta son bureau et se hâta au chevet de son ami. De nouveau il remonta la couette, et il lui sembla que quelque chose en lui se brisa quand il découvrit son Taeil en train de pleurer en silence.

« Merde, Tae, je savais que ça allait pas bien, souffla Seuljae en lui offrant une soudaine étreinte avant même qu'il ait eu le temps de se rendre compte de sa présence à ses côtés. T'aurais dû me le dire. Il se passe quoi ? C'est ta jambe ? T'as de la fièvre ?

— Non, c-c'est rien, souffla Taeil en le repoussant sans brutalité. Je suis juste fatigué. S'il te plaît, laisse-moi, je vais dormir.

— T'es sûr ?

— Certain. »

Ses yeux mentaient, mais Seuljae n'avait jamais su y lire – sinon, il aurait remarqué depuis longtemps qu'il n'y brillait plus seulement de l'admiration pour lui, mais aussi de l'amour. Et ce sentiment si tendre, si doux, il ravageait Taeil du fait du désintérêt flagrant dont témoignait son ami. Ses cours lui importaient plus que tout, plus que Taeil, et le jeune homme voyait chaque jour son affection se faire piétiner. Ses petites attentions passaient inaperçues, Seuljae se focalisait sur ses livres.

Et Taeil ne supportait plus cette situation, même s'il tentait de se convaincre du contraire.

Seuljae le laissa pleurer, il retourna à son bureau sans lui proposer ne serait-ce qu'une tasse de thé – il savait que Taeil adorait boire du thé quand il était triste. Il n'avait sans doute pas le temps d'en préparer.

L'étudiant s'endormit en dépit de ses larmes, après de longues minutes à sangloter sans un bruit de peur de déranger celui chez qui il vivait.

Le lendemain, parce que ses cours ne commençaient qu'à onze heures, Taeil resta prostré dans le lit. Seuljae tenta bien de lui poser quelques questions supplémentaires, mais l'autre répondit qu'il était fatigué, que ça irait mieux plus tard. Et Seuljae n'avait pas insisté, de toute façon il était temps pour lui de partir.

Une fois seul, Taeil pleura de nouveau. Quand il rentra de l'université, Seuljae se trouvait déjà là. Il se dirigea d'un pas lourd dans la salle de bains sans lui accorder autre chose qu'un bref « salut, je suis rentré » et se mit en pyjama avant de se blottir sous la couette. Seuljae, habitué à son enthousiasme et sa bonne humeur constants, comprit enfin que quelque chose de sérieux était arrivé. Désireux d'aider son ami, il s'assit d'abord sur le lit dans l'optique de lui poser des questions, puis, parce qu'il savait exactement ce qui consolait le mieux Taeil, il releva la couverture, s'étendit auprès de lui et le serra dans ses bras. Jusque-là muet, Taeil fondit en larmes tout contre lui.

« Tae... tu veux en parler ?

— Laisse tomber, tu pourrais pas comprendre, murmura l'autre contre son cou.

— Je peux quand même essayer.

— J'ai pas envie de te déranger avec des problèmes stupides.

— C'est pas stupide si tu te mets dans cet état, parle-moi.

— Hyung... je... non, je suis désolé, c'est vraiment trop stupide.

— Taeil... »

Il lui embrassa le front avec l'espoir que ce geste le réconforte, mais si ses sanglots avaient cessé, ses larmes en revanche débordaient toujours. Seuljae lui caressait le dos, murmurait de douces paroles, et après d'interminables minutes, son ami finit par se calmer. L'autre ne le relâcha pas pour autant, au contraire il affirma son étreinte autour de lui et déposa de nouveaux baisers sur son front et ses joues humides.

« Ça va mieux, merci, affirma Taeil, tu peux retourner à tes révisions, te dérange pas. »

Sa peine lui avait offert quelques minutes d'attention de la part de son ami, il n'en demandait pas plus – il ne souhaitait pas le gêner, après tout.

« T'es sûr ? »

Encore cette foutue question...

« Oui, hyung. Encore merci. »

Et Seuljae quitta le matelas après un dernier baiser, au plus grand dam de son ami qui, au fond de son cœur, aurait souhaité qu'il demeure à ses côtés. Il attrapa l'oreiller de son aîné et le serra fort, rabattant ensuite la couverture sur lui. Seuljae, qui avait observé son geste, hésita un instant et finit par faire marche arrière. Il regagna le lit au bord duquel il s'assit.

« Tae, soit honnête, j'aime pas te voir comme ça...

— C'est rien, laisse tomber. T'embête pas.

— Ça m'embête pas, dis-moi ce qui se passe, s'il te plaît, on essaiera de trouver une solution ensemble, je t'assure.

— T'as pas le temps, marmonna Taeil d'un ton honteux.

— Je le prendrai, le temps, t'en fais pas. Dis-moi.

— Non, ce que je voulais dire c'est que c'est ça, le problème : t'as pas le temps. T'as jamais le temps. Et je... en fait, c'est peut-être moi, le problème.

— J'ai pas le temps ? Tae, je comprends pas...

— Est-ce que c'est mauvais de ma part de vouloir passer juste un peu de temps chaque jour avec toi ? Est-ce que je suis égoïste parce que je voudrais que tu passes ne serait-ce que dix ou vingt minutes à me raconter ta journée ou à cuisiner avec moi ? Hyung, je veux pas te gêner dans ton quotidien, mais quand tu m'ignores comme tu le fais... je me sens tellement seul... »

Et ça lui rappelait le comportement de sa famille qui lui avait tourné le dos sans hésiter. Il mourrait de chagrin si Seuljae l'abandonnait de la même manière.

« Tu veux dire que... si t'es triste, c'est parce que je t'accorde pas assez d'attention ? résuma l'aîné.

— Pff, t'as raison : dit comme ça, c'est vraiment stupide. Je suis désolé, hyung, m'écoute pas. »

Il tenta de remonter la couverture qu'il avait baissée pour parler, mais son ami l'en empêcha. Taeil, le regard jusque-là orienté vers ses doigts qui s'entremêlaient, osa lever les yeux pour croiser ceux de Seuljae. Ce dernier passa une main tendre sur sa joue et la lui caressa de manière affectueuse. Quelques larmes d'émotion échappèrent au plus jeune qui se blottit contre ce si doux toucher.

« C'est pas stupide, Tae. On a tous besoin de ce genre de petits gestes, toi plus que d'autres. Je pensais pas que ça te pèserait à ce point qu'on cohabite sans beaucoup se parler, tu t'en étais jamais plains. J'aurais pas imaginé que tu te taisais juste pour pas m'imposer de décrocher de mon boulot. Mais réfléchis un peu : mon travail, c'est d'aider les autres à se sentir mieux. J'aime savoir que les personnes autour de moi se portent bien, j'aime les aider quand c'est pas le cas.

« Taeil-ah, t'es super important pour moi, et si ça peut te faire plaisir, je…

— Non, le coupa Taeil, je veux pas que tu te forces. Si tu dois passer du temps avec moi, fais-le parce que t'en as envie, pas parce que tu t'y sens contraint. Je veux pas t'obliger à te détourner de ton travail… »

Puis, dans un élan de courage, Taeil décida de se montrer tout à fait honnête :

« Avec le temps, j'ai fini par ne plus seulement t'admirer et apprécier ta présence, je… je suis désolé, mais je suis tombé amoureux de toi, et je veux pas être malhonnête avec toi : je pense que c'est aussi pour ça que ça me fait tellement mal que tu m'ignores. Alors c'est pas ta faute, c'est juste moi qui suis stupide, je te l'ai dit. Mais je veux pas t'embêter, je te jure ! C'est déjà tellement gentil de ta part de me permettre d'habiter ici, te sens pas obligé de passer du temps avec moi, surtout maintenant : je comprendrais que ça te mette mal à l'aise, et je tiens beaucoup trop à toi pour t'embêter avec mes idioties. »

Peiné d'admettre ses sentiments de cette manière, la gorge brûlante de ces mots qu'il aurait souhaité garder pour lui, il se recroquevilla et cacha la tête dans son oreiller.

Seuljae lui passa la main dans les cheveux.

« Je suis flatté que tu m'aimes. Je mentais pas quand je disais que celui sur qui se poserait ton regard aurait beaucoup de chance. T'as été honnête avec moi, je le serai aussi : si j'aime autant ma famille, c'est parce que quand je leur ai avoué ma bisexualité, ils ne m'ont pas jugé. Ils ont continué de me traiter de la même manière. Et tu me plais, Taeil. Que ce soit ton physique, ton caractère, ou les conversations qu'on a – quand on en a le temps –, tout me plaît chez toi. Si je me suis montré aussi distant, c'était aussi parce qu'après tout ce que t'avais vécu, je voulais te permettre de retrouver une certaine tranquillité. Je pensais que tu voudrais te reconstruire, recommencer à zéro, tu comprends ? Et j'avais peur que l'affection que je développais peu à peu pour toi te dérange. De même, j'avais peur qu'elle m'éloigne de mon objectif principal : réussir mon année.

« Alors pour contrer ça, j'ai continué de travailler autant qu'avant, et même plus encore. Comme ça, je pensais pas à toi, seulement à mes cours. J'éprouve quelque chose pour toi, j'en suis convaincu... mais je sais pas encore si c'est vraiment de l'amour comme on l'entend, ou bien si ça s'arrête à de l'affection mêlée à une attirance physique. Je veux pas précipiter les choses, et je veux pas non plus me détourner de mes cours. Je peux pas te rendre tes sentiments pour l'instant, mais... si t'es d'accord, on peut passer un peu de temps ensemble : cuisiner les matins et les soirs. Si toi ça te suffit, moi ça me va aussi. J'aimerais beaucoup découvrir ce que je ressens vraiment pour toi, et si t'as la patience de m'attendre un peu, on pourrait peut-être construire peu à peu quelque chose qui pourrait, tôt ou tard, devenir plus qu'une simple amitié. »

Taeil avait tourné la tête pour fixer son aîné tandis qu'il parlait, et ses yeux s'étaient agrandis sous l'effet de la surprise.

« Tu... c'est vrai ? Ça te plairait qu'on cuisine ensemble ?

— Oui, ça me plairait beaucoup, approuva l'aîné. J'aime cuisiner, je pourrais te montrer des recettes sympas. Ce serait l'affaire de quelques dizaines de minutes par jour, et je me remettrais à mes révisions une fois le repas prêt à être servi, mais...

— C'est déjà super ! Oh, hyung, ce serait tellement chouette qu'on prépare des trucs ensemble ! Et... peu importe ce que tu ressens pour moi, juste qu'on puisse discuter, ce serait fantastique. J'aime tellement discuter avec toi ! »

Brusquement redressé, Taeil enroula les bras autour de la taille de Seuljae et le remercia encore tandis qu'il l'étreignait de manière innocente. Son ami lui caressa les cheveux, le dos, et le rassura.

Taeil éprouva le sentiment qu'il ne serait plus jamais seul.

~~~

Les semaines étaient passées, et une fois son plâtre retiré, Taeil s'était senti libéré. Des soins demeuraient nécessaires, et si le jeune homme avait cru qu'il s'en occuperait seul comme il s'occupait jusque-là de son plâtre, Seuljae avait toutefois décidé de prendre les choses en main. Il lui avait donné des conseils pour sa cheville et il étalait un peu de crème dessus quand Taeil souffrait, les jours où il surestimait sa capacité à marcher et courir.

Ils préparaient les repas ensemble, discutaient, et Seuljae avait fini par découvrir que quelque chose de plus plaisant que ses études existait : passer du temps avec Taeil, de qui il était bel et bien tombé amoureux.

Il s'en était rendu compte quand réviser avait pris des airs de corvée, un soir où il avait refusé d'accompagner Taeil et Jihwan au karaoké. Lorsque Taeil était rentré et s'était couché, Seuljae n'avait pas pu résister à l'envie de le serrer dans ses bras pour dormir tout contre lui. Son geste avait fait palpiter le cœur de Taeil et… cette nuit-là, un baiser avait été échangé, un baiser mais aucune parole. Peut-être craignaient-ils encore ce qu'une relation nouvelle impliquerait.

Et puis le lendemain, alors qu'ils terminaient le repas, ils s'étaient de nouveau embrassés. Ils s'étaient caressés, touchés sans franchir la barrière de leurs vêtements – mais tant de barrières étaient déjà tombées.

Après deux jours dans cette situation sur laquelle ils n'avaient pas posé de mots, ils avaient compris qu'il était devenu impossible de retourner en arrière : l'amour les avait rendus accros l'un à l'autre, accros à ces contacts. Ils avaient discuté, et quelques minutes avaient suffi à tirer les conclusions qui s'imposaient : à présent, ils désiraient tous deux former un couple. Ils s'aimaient avec une puissance telle que ni les craintes de Taeil ni celles de Seuljae n'avaient pu se mettre en travers du chemin de leur cœur.

Ainsi, ce soir-là, trois mois après le début de leur cohabitation, quand Taeil poussa la porte de leur appartement, il se réjouit d'y trouver Seuljae qui l'attendait et le repas qui chauffait. Il savait ce que ça signifiait : si son compagnon s'assurait qu'il n'ait pas à cuisiner, alors les quelques dizaines de minutes qu'ils passaient ensemble chaque jour, Seuljae comptait bien les passer autrement que derrière les fourneaux.

« Hyung, je suis rentré ! lança Taeil en quittant la pièce pour se rendre dans la chambre. Le dîner est bientôt prêt ?

— C'est un ragoût de bœuf, indiqua Seuljae qui se trouvait sur son lit avec un manuel de médecine, ça doit cuire à feu doux pendant encore une bonne demi-heure.

— Et tu comptes réviser encore pendant une demi-heure, du coup ? s'enquit l'autre en se plantant devant lui.

— C'était pas vraiment ça que j'avais en tête... »

Et sur ces mots, Seuljae passa les mains derrière les cuisses de son copain qu'il incita à s'agenouiller sur lui. Ils échangèrent un premier baiser bref, puis un deuxième, plus long et langoureux, et une multitude d'autres suivirent tandis que Seuljae s'allongeait, entraînant son cadet dans son mouvement. Les langues dansèrent, ils savouraient tous deux ces contacts brûlants de sensualité. Seuljae inversa les positions, il se plaça au-dessus de Taeil qu'il couvrit d'un regard tendre puis de caresses. D'abord surfaciques, elles gagnèrent en intensité quand l'aîné glissa la main sous le pull et le t-shirt de son compagnon après lui en avoir demandé la permission.

Taeil frémit, ferma les paupières, et par réflexe écarta les jambes dans un soupir de satisfaction en réclamant un nouveau baiser.

« Tae, je peux te retirer ton pull ?

— T'es sûr de pas vouloir réviser ? le taquina-t-il.

— Tout l'après-midi j'ai crevé d'impatience à l'idée de couvrir ton joli corps de baisers et de caresses. Comment tu voudrais que je révise maintenant que t'es enfin là et que je peux te cajoler comme tu le mérites ?

— Hyung, gémit tout à coup le jeune homme lorsque son aîné passa le pouce sur son téton. Oui…

— Toi aussi, tu aimes ?

— J'adore.

— Alors profite, parce que je compte bien passer la soirée entière à prendre soin de toi, mon ange.

— Je veux te toucher aussi…

— Avec plaisir. »

Cherche locataire

Taeil jeta un regard circonspect à la demeure qui s'élevait devant lui. Son meilleur ami à ses côtés fit la moue.

« C'est ça, la super occasion dont tu m'as parlé ? demanda-t-il.

— Euh… la maison était clairement mieux sur les images.

— Les photos étaient trompeuses ?

— Non, y avait que des photos de l'intérieur. »

Jihwan opina avec un air peu convaincu. Malgré tout, les deux garçons s'avancèrent dans l'allée principale, bordée par une pelouse qu'on n'entretenait plus depuis un moment. La maison quant à elle semblait avoir été sublime en dépit d'un peu de saleté qui assombrissait le blanc de ses murs. La bâtisse ne paraissait pas dangereuse, on ne s'occupait simplement plus de l'extérieur.

Taeil croisait les doigts pour que l'intérieur se révèle bel et bien aussi soigné que le montraient les photographies de la petite annonce laissée à l'entrée de l'université. Il était tombé dessus deux jours auparavant et, devant le faible prix proposé pour une chambre et l'accès à la totalité des pièces, il n'avait pas hésité à contacter la propriétaire, une dame âgée qui peinait à boucler ses fins de mois et espérait un locataire pour remonter la pente.

Taeil pour sa part cherchait depuis plusieurs semaines à quitter l'appartement qu'il partageait avec Jihwan. Ce dernier en effet s'était mis en couple plus tôt cette année, et son compagnon désirait emménager avec eux. Or, de crainte de gêner ses deux amis, Taeil avait décidé de trouver une nouvelle colocation qui lui permettrait de ne pas trop s'éloigner de l'université dans laquelle ils étudiaient tous. Et voilà qu'il avait déniché cette petite annonce intéressante : une chambre dans une belle demeure toute proche, pour deux cent cinquante mille wons[3] par mois, soit un peu en dessous de son budget initial – que lui octroyait sa famille, relativement aisée.

Pour un logement de cette superficie et à l'intérieur aussi bien entretenu que les photographies présentées, Taeil n'avait pas hésité un instant à contacter la propriétaire, qui lui avait donné rendez-vous. Jihwan avait insisté pour accompagner son meilleur ami, et les deux garçons se trouvaient à présent devant la porte de la maison de madame Lee.

Une fois qu'ils eurent sonné, ils ne patientèrent que quelques secondes avant qu'on ne leur ouvre. Taeil fut surpris : lui qui pensait se retrouver face à une vieille dame aux cheveux grisonnants, au dos courbé et au style vestimentaire douteux, le voilà qui se tenait devant une femme magnifique, élancée et à la chevelure d'un noir de jais maintenue sous forme de chignon. Elle était habillée d'un chemisier blanc

---

[3] *Environ 180 euros.*

rentré dans une jupe qui tombait sous ses genoux, et son visage ne portait pas la marque du temps.

« Euh... v-vous êtes madame Lee ? s'enquit Taeil d'un ton hésitant.

— C'est bien moi. Et toi tu dois être Kwon Taeil, n'est-ce pas ?

— Oui, enchanté madame. Je vous présente Kang Jihwan, mon meilleur ami. Il a tenu à m'accompagner pour aujourd'hui.

— Je suis ravie de vous rencontrer, les garçons, sourit la femme. Entrez, ne restez pas là ! J'ai préparé du thé et des biscuits, c'est l'heure pour une petite collation, n'est-ce pas ?

— Oh, merci beaucoup, madame ! se réjouit Jihwan.

— Je vous en prie, c'est bien le minimum ! Taeil, tu as apporté les papiers que j'avais demandés ?

— Oui, madame, j'ai tout, approuva l'étudiant en tirant de son sac de cours une pochette. Tout est dedans ! J'ai aussi apporté l'argent du premier mois de loyer.

— Comme c'est gentil ! J'ai passé la matinée à laver la chambre de fond en comble, et j'ai aéré pendant des heures, comme ça tu t'y sentiras chez toi, Taeil-ssi[4] ! »

Tous s'installèrent à table. L'intérieur de la maison correspondait tout à fait à ce que s'était imaginé Taeil d'après l'annonce : un endroit aussi bien éclairé que bien tenu, agréable, chaleureux, où il savait qu'il se sentirait vite chez lui. Madame Lee lui semblait

---

[4] *Particule de respect.*

très sympathique, et il se trouvait à deux pas de l'université, un avantage considérable pour lui qui ne possédait pas de voiture !

Des dessins d'enfants tapissaient les murs des couloirs, et sur les meubles étaient placées des photos de famille attendrissantes.

Madame Lee avait dressé la table de manière consciencieuse : plusieurs plats contenants différents types de biscuits entouraient une élégante théière. Ceux avec des pépites de chocolat attisèrent aussitôt l'intérêt de Taeil, qui patienta néanmoins : son hôte se tenait dans la pièce à côté du salon, la cuisine, de laquelle elle revint avec une tasse supplémentaire pour Jihwan qui s'était installé à côté de son meilleur ami, lui-même situé face à sa future propriétaire.

Madame Lee versa le thé pour tous et attrapa en premier un gâteau, imitée par ses invités.

« Taeil, je peux voir ton dossier, s'il te plaît ? s'enquit-elle une fois sa bouchée avalée. J'aimerais qu'on règle les formalités au plus vite : tu m'as l'air de quelqu'un de bien, et si tout est en ordre, j'aimerais qu'on ne s'attarde pas trop sur cette paperasse et qu'on passe au plus vite à la visite.

— Oui, oui, bien sûr ! »

Le jeune homme lui tendit immédiatement la pochette réclamée, et madame Lee saisit quant à elle un papier et un stylo abandonnés au bout de la table. Elle déplia la feuille, sortit les documents de Taeil de leur chemise cartonnée, et tandis qu'elle les parcourait, elle gribouillait sur son papier, dont l'étudiant devina qu'il s'agissait d'une liste des pièces nécessaires pour lui accorder la location.

« C'est tout bon ! se réjouit madame Lee avec un air ravi. Y a tout ! Quel bonheur, Taeil-ssi, je suis ravie d'avoir avec moi quelqu'un comme toi, j'espère que tout se passera bien pour toi ! N'hésite pas si tu as besoin de quoi que ce soit !

— C'est vraiment gentil, madame, je ferai tout pour que tout se passe bien ici avec vous ! »

L'enthousiasme des deux tira un sourire à Jihwan qui jugea qu'ils s'entendraient à merveille. Il savait son cadet aussi altruiste qu'agréable, si bien qu'il savait qu'il illuminerait la vie de cette femme, qui elle-même regardait déjà Taeil avec dans les prunelles cette étincelle de bonté qui laissait deviner que tôt ou tard, elle en viendrait même à le considérer comme un fils.

Rassuré, Jihwan se détendit. Il profita de son thé pendant que les deux autres discutaient de leurs goûts alimentaires. Il éprouvait la sensation de voir deux vieux amis qui se retrouvaient après de nombreuses années. Attendri, il termina le premier sa tasse et se resservit de biscuits avec appétit.

« Quand est-ce que tu compterais emménager, Taeil-ssi ? s'enquit madame Lee.

— J'ai pas beaucoup d'affaires, je pensais pouvoir emménager dès ce soir si vous me le permettiez.

— Bien sûr, tout est prêt je te l'ai dit : je serais ravie de te voir ici dès ce soir ! Si tu as fini ton thé, je peux d'emblée vous faire visiter, à ton ami et toi, la maison. Qu'est-ce que vous en dites ?

— Avec plaisir, approuva Jihwan. Vous y habitez seule ?

— Oui, ça fait beaucoup de place juste pour moi, et beaucoup à payer aussi. Je n'ai plus la capacité financière de rembourser l'emprunt et vivre décemment. Mais avec l'argent en plus que je recevrai chaque mois pour la location de la chambre, j'aurai de quoi me nourrir sans problème. Je t'en suis très reconnaissante, Taeil-ssi, d'ailleurs.

— C'est moi qui suis reconnaissant : votre maison est magnifique, le loyer est vraiment bas pour en occuper une chambre ! »

Ils se remercièrent l'un l'autre sous le regard amusé de Jihwan, et tous trois quittèrent le salon et ses meubles anciens ainsi que ses beaux tapis pour rejoindre la cuisine où madame Lee s'était rendue quelques minutes plus tôt. Des équipements modernes se trouvaient à la disposition du nouveau locataire qui observa, les yeux brillants d'admiration, l'endroit. Ils enchaînèrent sur un couloir qui les mena à l'étage, où se situaient les chambres ainsi que la salle de bains. Dans la maison, toutes les portes étaient constamment ouvertes, d'après la propriétaire qui expliqua aimer l'impression de pouvoir se balader de pièce en pièce sans obstacle.

« Ça agrandit une maison, l'absence de portes, sourit madame Lee. Bien sûr, sens-toi libre de fermer celle de ta chambre quand bon te semble : en tant qu'étudiant, tu as besoin de calme, c'est naturel. Et la porte de la salle de bains, bien évidemment, est fermée quand quelqu'un s'y trouve.

— Et cette porte ? s'enquit Taeil en pointant celle au bout du couloir, fermée elle aussi.

— Une ancienne chambre qui n'est pas en état d'être louée, soupira la propriétaire. Je n'ai pas le courage d'y faire les travaux nécessaires. Je préfère en laisser la porte fermée, et je préfère que tu ne t'y rendes pas.

— C'est compris, » approuva Taeil – si la chambre nécessitait des travaux, pas surprenant qu'elle lui déconseille d'y entrer.

Jihwan fit la moue, mais son expression échappa à la propriétaire qui se stoppa devant une charmante pièce : celle qu'occuperait désormais Taeil. La surface dépassait celle dont le jeune homme bénéficiait dans sa colocation avec Jihwan, et tout était non seulement bien rangé, mais aussi moderne que dans la cuisine. Le blanc et le gris dominaient, accompagnés de couleurs boisées qui paraissaient donner vie à l'endroit. Une large fenêtre donnait sur le jardin et offrait une lumière naturelle qui sublimait les lieux. Outre le lit, l'armoire et le bureau, une bibliothèque peu remplie se trouvait là, ainsi qu'une commode sur laquelle avait été placé un écran plat qui, bien que petit, constituait un véritable luxe pour Taeil, puisque Jihwan et lui ne possédaient pas de télévision dans leur appartement. Le tapis posé au sol comblait un peu l'espace laissé vide, et madame Lee préféra assurer à son locataire qu'il pouvait apporter tous les meubles et toutes les affaires qu'il désirait, tant que tout restait bien rangé.

« Vous avez une place folle ici ! s'extasia Taeil. Même avec toutes mes affaires je réussirai pas à remplir un quart des meubles !

— Haha oui, rit son interlocutrice, il y a de quoi faire, tu devrais avoir la place de travailler correctement ici, sans craindre d'étouffer. Et puis si un jour tu te sens oppressé, il y a encore le jardin pour prendre un peu l'air... même si je n'ai plus vraiment le temps de l'entretenir. Ça reste un bel endroit, surtout maintenant que l'automne approche ! »

Taeil approuva d'un hochement de tête, et la visite s'acheva avec la chambre de madame Lee, dans laquelle ils n'entrèrent pas.

« Voilà, tour fini ! Pour ce qui est du jardin, je préfère ne pas m'y rendre, je n'en suis pas très fière, admit-elle en se frottant la nuque, mais toi, tu peux y aller selon ton bon vouloir, bien sûr. Tu es libre de circuler partout ici, fais comme chez toi, Taeil-ssi. »

Ravi, l'étudiant remercia une dernière fois sa propriétaire, et il s'en alla avec Jihwan à leur appartement dans le but de rassembler ses affaires pour s'installer le plus vite possible dans sa nouvelle chambre. En chemin, slalomant entre les passants pressés qui peuplaient Séoul, les deux garçons échangèrent leurs premières impressions sur la demeure.

« Elle est à un quart d'heure à pied de chez moi et à moins de dix minutes de l'université, songea Jihwan, un premier très bon point.

— La maison est carrément belle, et madame Lee a l'air adorable ! Je vois pas ce qui pourrait mal se passer ! se réjouit Taeil dont le tempérament naïf amusa son meilleur ami.

— Va savoir. Il suffit peut-être d'une porte, le taquina Jihwan.

— Comment ça ?
— Tu connais pas le conte de Barbe Bleue ?
— Euh… non. C'est quoi ?
— Un homme qui couvre sa femme de belles choses et, un jour qu'il doit quitter son château, lui en confie les clés en lui précisant qu'elle ne doit surtout pas utiliser la plus petite, celle qui ouvre son cabinet privé auquel elle n'a jamais eu accès. La femme désobéit, et elle y découvre des cadavres : les anciennes femmes de Barbe Bleue qui, du fait de leur propre curiosité, ont été exécutées.
— C'est glauque… et tu voulais en venir où avec cette histoire ?
— La chambre en travaux de madame Lee m'a rappelé cette histoire. T'as pas le droit d'y entrer… et si tu veux garder sa confiance, t'as intérêt à obéir.
— Je doute que cette gentille madame ait assassiné froidement ses précédents locataires pour les cacher dans la chambre du fond du couloir, répliqua Taeil.
— Mais qu'il est con celui-là… Tae, c'est pas du tout ce que je voulais dire, le railla l'autre, je voulais juste dire qu'elle cache forcément un truc, et qu'il vaut mieux que tu sois pas aussi débile que la femme de Barbe Bleue.
— Pourquoi elle cacherait forcément un truc ? C'est juste une pièce qu'elle a pas entretenue – et quand je vois son jardin, je veux bien la croire.
— Tout l'intérieur de la maison est super bien tenu, alors pourquoi pas cette chambre ? C'est louche.
— Jihwan, arrête, c'est ridicule.
— Mais pas du tout, c'est logique !

— T'as encore passé ta soirée à regarder des vidéos de true crime, hier, c'est ça ?

— Euh... oui, mais ça a rien à voir ! Mon raisonnement est logique !

— Et d'après toi, y a quoi, alors, dans cette chambre ? demanda Taeil d'un ton dubitatif.

— Je sais pas... peut-être des trucs trop personnels, des trucs qu'elle voudrait pas que tu saches sur elle, parce que ça la gênerait...

— Hum...

— J'ai vu des photos de famille dans le salon, songea Jihwan. Elle posait avec un homme et un jeune garçon. Son mari et son fils, tu crois ?

— Qu'est-ce que j'en sais ? Et puis si t'as raison, elle m'en parlera d'elle-même, je vais sûrement pas lui poser des questions personnelles.

— Ouais, donc toi tu crains rien, t'es vraiment pas comme l'épouse de Barbe Bleue...

— Exactement : chacun ses affaires, c'est normal d'avoir son petit jardin secret, et encore plus normal de vouloir le garder. Tu regardes trop de trucs bizarres, faut vraiment que t'arrêtes, ça te monte à la tête.

— Dis pas n'importe quoi, râla Jihwan. Tu verras bien. En tout cas, si un jour t'entres dans cette chambre, dis-moi si elle nécessitait vraiment des travaux, je veux savoir !

— Je vais pas te raconter des trucs persos sur elle, tu rêves !

— Oh allez, des petites anecdotes croustillantes, Tae, pitié !

— T'es trop curieux, idiot ! C'est toi qui finiras dans un cabinet secret, découpé après y avoir fouillé sans permission ! »

Et sur ces mots, parce qu'ils arrivaient chez eux, les garçons coupèrent court à la discussion pour en reprendre une nouvelle une fois dans l'appartement. Il s'agissait d'un vingt-cinq mètres carrés propre et confortable équipé d'un lit deux places dans lequel Taeil et Jihwan dormaient jusqu'à présent. Séjour et chambre se confondaient avec la cuisine, et la seule autre pièce était la salle de bains, qui possédait une douche. Bien rangé, l'endroit se révélait bien plus grand qu'on pouvait l'imaginer, et il plaisait beaucoup aux deux amis qui y avaient vécu plein de bons moments – ils rêvaient depuis des années de vivre ensemble un jour, et l'expérience les avait convaincus qu'ils étaient deux véritables frères de cœur.

« T'as invité hyung à passer, ce soir ? s'enquit Taeil en retirant ses chaussures.

— Ouais, il devrait s'installer dans la semaine qui vient, j'ai hâte !

— Je me sens chassé, tout à coup…

— Mais non, Tae, j'aurais jamais fait ça… mais ça m'arrange que t'aies décidé de partir, disons. Après, je sais que tu vas vite me manquer quand même. Sans toi, c'est pas pareil. Heureusement qu'on sera encore en cours ensemble ! »

Taeil opina, un sourire aux lèvres. Oui, rien à craindre, ils se côtoieraient encore à longueur de journée en cours, et ils comptaient bien passer leurs déjeuners et leurs soirées à la bibliothèque tous les deux, pourquoi pas en compagnie du petit ami de

Jihwan, lui aussi étudiant dans leur département de lettres.

Ce dernier, de deux ans leur aîné, s'était porté volontaire au début de sa troisième année pour présenter l'université aux nouveaux arrivants. Jihwan et Taeil, en première année alors, se trouvaient dans le groupe de ce jeune homme pour lequel Jihwan était tombé au premier regard. Il avait tout mis en œuvre pour garder contact avec lui : dès la fin de la visite des locaux, il lui avait demandé son numéro, « au cas où je me paume à la fac », avait-il prétexté. Kim Yejun – l'étudiant s'était présenté ainsi à ses cadets –, surpris, n'avait pas répondu, et l'autre s'apprêtait à s'en aller, humilié par ce refus, quand le garçon avait accepté. Il avait déchiré un bout de feuille de son agenda pour y inscrire son numéro, et il l'avait confié à Jihwan qui l'en avait remercié avec des étoiles dans les yeux.

Ils s'étaient revus plusieurs fois, les conversations étaient passées de sujets scolaires à des sujets plus personnels, et ils s'étaient rapprochés au fil des années. Taeil l'avait vite rencontré, il l'avait trouvé très renfermé, trop peut-être pour Jihwan qu'il connaissait comme quelqu'un de bruyant et enjoué.

Taeil avait redécouvert son meilleur ami : au contact de ce garçon tranquille, Jihwan devenait plus calme, plus mesuré, si bien qu'il s'entendait à merveille avec Yejun qui avait fini par s'enticher de lui à son tour. Une belle histoire digne d'un roman à l'eau de rose, d'après Taeil qui regardait la relation de ses aînés comme une relation idéale. D'un tempérament posé et réfléchi, Yejun ne s'énervait presque jamais, quant à Jihwan, il s'était toujours avéré facile à vivre. Taeil n'avait jamais vu les deux amants se disputer, il les admirait et éprouvait la sensation qu'ils représentaient le couple parfait.

Yejun, qui jusque-là résidait dans un studio sur le campus de l'université, avait été étonné mais ravi que son petit ami désire habiter avec lui, et quand Taeil lui avait proposé de le remplacer dans leur colocation, l'étudiant avait aussitôt accepté.

Taeil prépara ses affaires en vitesse. Il avait déjà fermé deux cartons et deux sacs, que Jihwan et lui regardèrent avec un air dubitatif.

« Tu crois qu'on pourra porter tout ça chez madame Lee ? demanda Jihwan.

— À raison d'un carton et d'un sac chacun, oui.

— On va se tuer le dos… je vais demander à hyung de venir nous prêter mainforte. Avec sa voiture, ce sera bien plus simple.

— Oh, oui, bonne idée ! »

Et de cette manière, Jihwan envoya à son copain un message pour lui demander son aide. Le jeune homme répondit immédiatement, il se hâta de rejoindre ses deux cadets pour leur apporter son soutien. Il sonna, et à peine la porte de la colocation fut-elle ouverte que Jihwan bondit dans les bras de son bien-aimé. Yejun, cheveux bruns, yeux sombres brillants de bonheur, des traits si doux qu'ils en paraissaient presque féminins, réceptionna son compagnon dans un gloussement attendri. Les deux garçons étaient vêtus d'un même t-shirt noir et d'un jean clair – ils s'habillaient toujours de manière coordonnée, à l'initiative de Jihwan, que cette petite habitude amusait beaucoup.

Les deux amants s'enlacèrent. Accroché à la nuque de son aîné, ce dernier avait noué les bras autour de sa taille. Ils ne s'écartèrent que pour se jeter sur les lèvres l'un de l'autre avec une avidité délicate. Retrouver la bouche de son copain envoyait Yejun au paradis, jamais il n'en reviendrait d'avoir réussi à conquérir le cœur de ce magnifique jeune homme. Jihwan l'avait envoûté au premier regard, et son caractère ainsi que sa vivacité d'esprit lui plaisaient autant que son physique avantageux.

Le corps de Jihwan contre le sien dégageait une chaleur familière bienvenue qui détendait Yejun plus que de raison. Le cadet se lova dans l'étreinte de son compagnon qui lui caressa les cheveux avec tendresse.

« Comment vous allez, les garçons ? s'enquit Yejun. Ça a été, le rendez-vous avec la proprio ?

— Ouais, elle est carrément cool ! approuva Taeil. Jihwan-ah a peur qu'elle essaie de me tuer pour m'enfermer dans sa chambre secrète avec ses anciens locataires trop curieux, mais moi je suis convaincu que c'est n'importe quoi.

— L'écoute pas, il ne dit que des conneries, râla Jihwan avant de voler un nouveau baiser à son copain. Et toi, hyung, ça va ?

— Très bien, approuva Yejun avec malice, je suis soulagé d'apprendre que Tae va pas finir en bouillie dans une chambre bizarre. Vous avez besoin de la voiture ?

— Ouais, deux cartons et deux sacs. Tae avait pas apporté grand-chose ici. Ça ira vite, mais à pied ce serait chiant.

— D'acc, on va descendre tout ça dès maintenant.

— Comme ça, plus vite je pars et plus vite tu pourras aller dans le lit avec Jihwan ? résuma Taeil.

— Tae ! s'insurgea son meilleur ami. Arrête, tu vas gêner hyung !

— Et ensuite il voudra pas aller dans le lit ?

— Tu sais, je crois que c'est si tu restes ici que tu vas finir mort enfermé dans une pièce secrète, grommela Jihwan.

— Alors heureusement que je déménage dès maintenant ! Prenons les cartons et filons ! Plus vite je serai parti, plus vite vous ferez l'amour !

— Je vais te buter ! » clama Jihwan alors que déjà son meilleur ami avait attrapé un carton et s'éloignait.

Il le regarda filer, une moue lasse au visage, et Yejun gloussa, attendri par leur conversation.

« Je comprends pourquoi vous avez emménagé ensemble, on s'ennuie jamais avec lui, remarqua-t-il.

— Oh ça non, opina Jihwan. C'est un vrai bonheur de vivre avec lui, on a passé d'excellents moments.

— Il est vraiment sûr de vouloir partir ?

— Il savait… que je voulais vraiment vivre avec toi, balbutia le cadet d'un ton timide.

— Oh, mon Jihwanie…

— On va être bien ici... et on pourra dormir ensemble dans le grand lit. J'aimerais tellement me réveiller dans tes bras ! »

Et sur ces mots, son plus large sourire au visage, Jihwan se jeta de nouveau dans les bras de son bien-aimé qui le serra contre lui d'un geste presque possessif.

« On sera trop bien, ici, je te promets ! jura le cadet. Et t'as de la chance : comme Tae a toujours la flemme de faire le ménage, je suis devenu une vraie fée du logis !

— Je t'aiderai, t'en fais pas : à force de vivre seul, moi aussi j'ai dû apprendre à me débrouiller avec ça. Et je sais pas trop mal cuisiner.

— Oh chouette, tu me montreras !

— Promis. Allez, viens, on va aider Tae à descendre ses affaires. »

Jihwan approuva d'un acquiescement, et les deux garçons se hâtèrent d'attraper ce dont leur ami n'avait pas pu se charger. Ils quittèrent le bâtiment pour retrouver leur cadet devant la voiture de Yejun, occupé sur son portable.

« Bah alors, vous faisiez quoi ? Je vous attendais, ronchonna-t-il. Je parie que vous avez testé le lit.

— Ferme-la si tu veux arriver en vie chez ta nouvelle proprio, » souffla Jihwan d'un ton las.

Et Taeil ne répliqua pas. Tous rangèrent les cartons et sacs dans le coffre, puis l'aîné les conduisit à l'adresse qui lui avait été indiquée. Madame Lee les attendait déjà, occupée pour sa part à de la paperasse. Les garçons, les bras encombrés par les affaires du plus jeune, frappèrent à la porte. Elle leur ouvrit aussitôt et salua Yejun avec entrain. Elle proposa son aide, mais aucun ne s'imaginait lui demander de porter un énorme carton ou bien un sac si lourd que l'anse leur abîmait les mains.

Ils se rendirent à la chambre de Taeil, qui suggéra de poser tout au milieu de la pièce : il s'organiserait lui-même pour ranger, une fois seul. Jihwan et Yejun obéirent, et ils descendirent au salon.

« Oh d'ailleurs, Taeil, j'ai oublié de le préciser, mais tu peux bien sûr inviter qui tu veux ici, affirma madame Lee qui complétait ses papiers à la table du salon. Je te fais confiance.

— Merci beaucoup, je vous promets que nous ferons toujours très attention à votre maison.

— Je n'en doute pas, mais je suis heureuse de l'entendre. Je vais monter à ma chambre, je vous laisse. Pour aujourd'hui, si tu n'as rien à manger, tu peux te servir à la cuisine. Et par la suite, tu remarqueras dans le réfrigérateur que tout un étage est vide : il est pour toi, tu peux y ranger tout ce que tu achèteras. Idem pour le placard, un endroit t'est consacré.

— C'est parfait, merci beaucoup, madame. »

La propriétaire des lieux partie, Yejun jeta un regard plus appuyé à la pièce.

« Bah putain, t'as décroché le jackpot, remarqua-t-il, c'est neuf, super bien rangé, et cette dame a l'air adorable.

— Oui, je trouve aussi ! répondit Taeil qui en trépignait de joie. Et puis j'aime bien la compagnie, alors j'espère qu'elle aime bien discuter, parce que moi oui ! »

Ses amis esquissèrent un sourire. Oh ça oui, Taeil aimait en apprendre plus sur autrui, et s'il ne s'avérait pas de nature curieuse, il demeurait néanmoins une personne à qui on se confiait facilement. Bien que bavard, il savait écouter, une immense qualité chez lui qui s'attirait tout de suite la sympathie de ceux qu'il côtoyait.

Les garçons ne discutèrent qu'un petit quart d'heure, puis les deux aînés décidèrent de s'en aller pour laisser leur cadet à son rangement. Ce dernier, satisfait de voir sa nouvelle vie commencer enfin, se hâta de remonter à sa chambre. Il avait effectué un tri drastique de ses effets personnels avant de les emballer, afin de se charger le moins possible : il lui restait un carton et un sac de vêtements et accessoires, un carton d'affaires scolaires, et un second sac qui contenait le peu de vaisselle qu'il possédait, sa trousse de toilette, et son ordinateur. Parce que Jihwan et lui vivaient jusque-là dans un espace réduit à deux, il avait apporté peu de choses de chez ses parents, ce qui s'était avéré pratique ce jour-là pour emménager chez madame Lee.

Une fois toutes ses affaires déballées, Taeil jeta un œil à son portable pour se rendre compte qu'il était dix-neuf heures passées. Il trouva un peu de place dans un coin de son placard pour entasser de manière discrète ses deux cartons et ses énormes sacs de course. Il se hâta ensuite de rejoindre la cuisine dans laquelle il entendait madame Lee s'activer depuis un moment déjà.

« Bonsoir Taeil, lança-t-elle en le voyant arriver. Tu as pu t'installer sans soucis ?

— Oui, merci beaucoup ! Dès demain matin j'irai en courses, vous en faites pas.

— Aucun problème, je suis heureuse de t'offrir ce premier repas ici. J'ai préparé du porc caramel avec un peu de riz, rien de bien compliqué, mais j'espère que ça te plaira.

— Ça sent déjà divinement bon ! »

Ravie du compliment, sa propriétaire en rougit presque de bonheur. Elle le remercia d'un signe de tête puis l'invita à s'installer à table, ce à quoi le garçon obéit aussitôt, pressé de se régaler. Il fut servi quelques instants plus tard à peine, et une fois les deux assiettes pleines, il rangea son smartphone dans sa poche. La femme assise face à lui porta une bouchée du dîner à ses lèvres en lui souhaitant un bon appétit, geste que Taeil imita sans attendre.

« C'est succulent ! s'émerveilla-t-il.

— Merci beaucoup, c'est ma petite spécialité ! »

Taeil ne répondit pas, trop occupé à savourer l'énorme morceau qu'il venait de prendre. Madame Lee l'observa, un rictus amusé au visage, les yeux emplis de joie. Quel bonheur d'avoir trouvé un tel locataire ! Elle était convaincue qu'ils s'entendraient très bien !

Pour le dessert, la femme sortit d'un placard le reste du paquet de biscuits qu'elle avait acheté pour le thé cet après-midi-là, et elle proposa à Taeil une tasse d'oolong qu'il accepta volontiers.

« Alors, Taeil-ssi, parle-moi un peu de toi. Qu'est-ce que tu étudies, à l'université ?

— Les lettres. J'aimerais faire un métier en rapport avec la langue coréenne, mais je sais pas encore lequel, c'est assez brumeux. Et vous, est-ce que vous travaillez ?

— Oh, intéressant ! Moi non, je ne travaille plus depuis un moment. Mais quand j'étais petite, je rêvais d'intégrer la police. Drôle d'idée, parce que j'étais plus frêle que mes camarades, mais j'étais déterminée, si bien que j'ai même commencé à prendre des cours de taekwondo pour apprendre à me défendre. Mes parents me trouvaient bornée de continuer de lutter alors qu'ils m'avaient répété que je ne pourrais jamais devenir policière.

— Ah bon ?

— Oui... mais ils me disaient que c'était bien d'être bornée, et que je devais continuer, parce que si je l'étais assez, ça finirait par payer. Ils disaient que seuls les gens bornés devenaient des gens importants. J'ai vite acquis un très bon niveau de taekwondo, et ça m'a paru intéressant de changer un peu, alors j'ai commencé le jujitsu. C'était cool aussi, j'en ai fait plusieurs années, sans cesser de travailler dur à l'école pour atteindre mes objectifs. J'avais douze ans quand, pour Noël, mon père m'a offert un livre sur les connaissances nécessaires pour entrer dans la police. Je le lisais tous les soirs, et quand je l'ai terminé, je l'ai recommencé, encore et encore, pour le connaître par cœur. Je savais ce que je voulais, et je savais que la fille bornée que j'étais deviendrait la femme importante que mes parents admireraient ensuite. Ils m'ont sans cesse encouragée, et après les cours de jujitsu, ils m'ont payé à la fois des cours de self-défense et des cours de boxe. De mon côté, lors des rares heures de liberté qu'il me restait, je m'étais lancée dans la musculation, et parallèlement je me renseignais sur la nutrition.

« À douze ans, j'étais encore une frêle petite fille, mais à seize ans, j'étais devenue une jeune femme aux muscles taillés dans la roche, capable d'étaler même les meilleures des catégories plus lourdes que moi dans bon nombre de sports. Tu m'aurais vue à cette époque, Taeil-ssi ! J'étais plus ambitieuse que quiconque, une vraie combattante ! Jadis, les filles étaient considérées comme bien plus fragiles encore qu'aujourd'hui, et les inégalités étaient révoltantes. Dès qu'un garçon embêtait une fille, je venais lui donner un coup de main. Ces idiots me craignaient, et je me battais pour prouver que les femmes étaient leurs égales. Avec de l'entraînement, on pouvait largement battre les hommes dans les domaines dans lesquels ils se pensaient meilleurs. Aujourd'hui encore je pratique la course à pied et le cardio à haute intensité. C'est pour ça que j'ai réussi à garder une bonne silhouette malgré mes quarante-neuf ans ! »

Elle s'esclaffa et, son histoire terminée pour ce soir, elle se redressa puis attrapa la vaisselle sale.

« Attendez, je vais vous aider, intervint Taeil.
— Pas besoin, merci beaucoup.
— Dites…
— Oui ?
— Vous avez vraiment quarante-neuf ans ?
— Oui, pourquoi ? s'étonna-t-elle en retournant à la cuisine. J'avais bien précisé sur mon offre que j'étais assez âgée.
— Quarante-neuf ans, c'est encore jeune, et puis… vous avez l'air d'en avoir à peine trente-cinq !

— Oh... c'est vrai ? »

Taeil opina d'un geste si précipité que madame Lee gloussa comme une adolescente à qui un garçon aurait adressé un compliment.

« Merci beaucoup ! Tu sais parler aux gens, toi !

— Vous avez pas voulu devenir prof d'arts martiaux, après tout ça ?

— Non, moi je voulais devenir policière, répliqua madame Lee. Mon objectif m'aveuglait, et ma rage de vaincre me poussait à ne jamais abandonner, même quand ça devenait difficile de tout gérer à la fois – entre le lycée, les cours de sport, la musculation, et le temps que je passais à réviser les examens d'entrée à l'école de police, je m'usais vite... mais mes parents étaient toujours à mes côtés, prêts à m'encourager et me relever quand je tombais. Leur aide a été plus précieuse que tout ce que j'avais pu imaginer. Et toi, Taeil, raconte-moi un peu comment tu étais, quand tu étais petit ! »

Et à son tour Taeil raconta. Il raconta une enfance paisible auprès d'une famille aisée qui l'encourageait avant tout à trouver la voie qui le rendrait heureux, car leur fierté de parents tenait à son bonheur. Ils adoraient présenter leur fils comme le petit garçon le plus heureux du pays, et Taeil l'avait été – il l'était encore. Son père et sa mère ne cédaient pas à tous ses caprices, ils lui avaient appris que passer une journée avec sa famille le rendait bien plus heureux que le dernier jeu à la mode, et ils lui avaient surtout appris à ne pas se soucier du regard des autres pour puiser son estime de lui-même et sa joie de vivre dans ce qui lui permettrait réellement de s'épanouir : sa famille, ses passions.

Taeil adorait lire, activité que ses parents se réjouissaient de le voir aimer, puisque tous deux enseignaient à l'université. Le petit donc partageait son temps entre sa précieuse famille – qui s'était vite agrandie avec deux sœurs arrivées trois et cinq ans après lui – et ses bouquins tout aussi précieux. Et aucun ne l'avait trahi, de sorte qu'il avait vécu une enfance parfaite, entouré d'amis que son entrain attirait à lui comme des mouches !

Jihwan était un de ces garçons qui avait très tôt voulu le connaître.

« C'est moins grandiose que vous, termina Taeil, mais je suis heureux de ma vie, j'en regrette pas la moindre seconde.

— Ma jeunesse a peut-être été plus palpitante, plus acharnée, mais je trouve la tienne beaucoup plus belle, Taeil-ssi. Je trouve ça magnifique qu'à ton âge, tu sois capable de te dire heureux et épanoui. C'est très précieux, tu sais ? Peu de gens peuvent se vanter comme toi d'être sincèrement satisfaits de leur vie.

— Vous ne l'êtes pas de la vôtre ?

— Je ne sais pas. Je suis fière de ce que j'ai fait, je ne regrette pas mes choix de jeunesse, mais… il y a certaines choses que j'aurais pu et aurais dû faire autrement. J'ai des regrets, même si je suis contente de ce que je vis aujourd'hui. »

Taeil opina sans chercher à lui soutirer davantage d'informations. Il lui adressa un sourire bienveillant qu'elle lui rendit, et il l'aida à nettoyer la vaisselle puis la ranger. Déjà familier des lieux, l'étudiant se dirigea ensuite au salon pour profiter de la télévision en attendant que madame Lee le rejoigne et choisisse elle-même son programme préféré – lui se montrait rarement difficile vis-à-vis de ce qu'il regardait, puisqu'il passait l'essentiel de son temps les yeux rivés non sur l'écran mais sur son portable.

La soirée se déroula de manière paisible, et les deux nouveaux amis – Taeil considérait qu'ils l'étaient – restèrent au salon jusqu'à ce que Taeil remonte à sa chambre pour poursuivre la lecture d'un roman commencé quelques jours plus tôt.

Il se sentait chez lui !

~~~

Trois jours étaient passés, et après son weekend paisible avec madame Lee, Taeil avait repris sans problème les cours. Habiter à côté de l'université, quel bonheur ! Jihwan et Yejun pour leur part avaient emménagé ensemble peu de temps après le départ du benjamin : Yejun avait rendu les clés de son logement sur le campus, et il avait suffi d'un trajet pour déménager ses affaires chez Jihwan. Il en possédait plus que Taeil, mais les deux compagnons avaient réussi à tout ranger dans leur nouvel appartement commun.

« Alors, ça va toujours avec ta proprio ? s'enquit ce matin-là Jihwan en rejoignant son camarade.

— Ouais, super ! Madame Lee est adorable : même si c'est moi qui m'achète ma propre nourriture, elle me propose toujours de faire les corvées à ma place ! Elle veut que je me concentre sur mes études, alors ce matin je l'ai trouvée à la cuisine, en train de préparer le petit déjeuner. Elle m'avait demandé hier ce que je comptais manger en me levant, mais j'avais pas pensé qu'elle m'avait demandé ça pour s'en charger elle-même ! Elle m'a dit que comme elle bossait pas, ça la gênait pas de s'en occuper, un ange !

— Elle bosse pas ? Alors elle gagne sa vie comment ?

— Elle cherche du boulot depuis quelques mois, elle m'a dit, mais j'ai pas plus de détails. Mais tant qu'elle bosse pas, elle m'a proposé de faire la cuisine et le ménage pour moi.

— Et t'as accepté ?

— Seulement à condition que je puisse la payer un peu plus chaque mois, opina Taeil, je veux pas la faire bosser gratos, ça m'embarrasse.

— Et moi ça te dérangeait pas que je fasse le ménage à ta place…

— Je payais presque tout le temps les courses, idiot.

— Ah oui, c'est vrai. T'es un homme bien, Tae. »

Taeil lui adressa un rictus moqueur.

Une fois leur matinée terminée, parce qu'ils n'avaient pas cours l'après-midi, Jihwan et Taeil se retrouvèrent à la bibliothèque universitaire. Ils travaillèrent plusieurs heures durant, en silence, n'échangeant que par moment quelques questions à propos de ce qu'ils étudiaient. Dix-sept heures venaient de sonner quand Taeil quitta sa chaise.

« Bon, je vais y aller.

— T'as déjà fini ? s'étonna l'autre.

— Ouais, j'ai plus qu'à m'occuper du PowerPoint et ce sera bon. Mais je préfère le faire dans ma chambre. Je te laisse, passe une bonne soirée ! »

Jihwan le salua et s'en alla quelques dizaines de minutes plus tard, une fois son propre travail terminé pour son exposé, prévu après celui de Taeil. Il regagna son appartement où se trouvait déjà Yejun. Depuis cette année, le jeune homme en effet quittait peu son domicile, puisque son cursus n'impliquait plus que de la recherche : une fois par semaine il se rendait à la bibliothèque universitaire où il empruntait assez de livres pour étudier dans son coin pendant les jours à venir. De cette manière, il limitait ses contacts avec le monde extérieur. Lui qui n'aimait pas les lieux peuplés, il ne supporterait pas de passer son temps entouré d'autres personnes en train de travailler en discutant à voix basse. Il préférait vivre à son rythme dans sa petite chambre sur le campus – et désormais dans l'appartement qu'il partageait avec Jihwan.

Ainsi, quand Jihwan rentra, il découvrit non seulement Yejun occupé à feuilleter une énième étude trouvée la veille, mais aussi une casserole qui reposait sur le feu et dégageait une savoureuse odeur de viande et de légumes, relevée d'une senteur d'épices.

« Hyung, ça sent trop bon ! s'émerveilla-t-il. Tu prépares le dîner ?

— Oui, j'ai pensé que ça te ferait plaisir après cette journée.

— Oh bah carrément !

— Ce sera prêt d'ici une heure : faut que ça mijote tranquillement.

— Miam, j'ai hâte ! »

Jihwan rejoignit son copain à leur bureau, ils échangèrent un bref baiser. Jihwan néanmoins, après s'être redressé, ne recula pas.

« T'as besoin de quelque chose ? s'enquit Yejun en se tournant vers lui.

— En fait… tu sais, hier soir… »

Yejun rougit. Oui, il savait. Il se souvenait. Tous les deux allongés dans le même lit, enlacés, avaient fini par se frotter l'un à l'autre, d'abord par maladresse, sans le vouloir, puis ils avaient répété ce mouvement, encore et encore, jusqu'à ce qu'une ardente volupté les submerge. Ils s'étaient ensuite lovés l'un contre l'autre et s'étaient endormis.

Ils n'en avaient pas reparlé depuis, trop embarrassés, puisqu'il s'agissait de la première fois qu'ils succombaient aux plaisirs de la chair.

« Je voulais juste te dire que… j'ai vraiment aimé, marmonna Jihwan. Faire ça avec toi, c'était nouveau pour moi aussi, et… je t'aime, hyung.

— Moi aussi ça m'a plu, moi aussi je t'aime.

— Alors… je me demandais si… enfin…

— Hum ?

— Est-ce qu'on pourrait recommencer ? Mais… p-pas avec nos vêtements, ou du moins, j-je… je voudrais te toucher.

— Ça me plairait beaucoup, approuva Yejun sans oser le regarder, et… ouais, je voudrais découvrir ton corps, moi aussi. Tu me plais énormément. »

Le visage de Jihwan rayonna de bonheur à ces mots, en même temps que ses prunelles se voilaient de désir. Il posa une main sur l'épaule de son aîné qui en frissonna et releva aussitôt les yeux pour croiser les siens. Ils parlaient pour eux.

« Et si… on se découvrait maintenant ? proposa-t-il.

— C'est exactement ce que j'allais dire, » opina Jihwan.

Yejun se redressa, et en un éclair il enroula les bras autour de la taille de Jihwan qui enlaça sa nuque. Ils s'embrassèrent comme si leur vie en dépendait – à cet instant, ils jureraient qu'elle en dépendait bel et bien –, et très vite Yejun prit les rênes, ayant remarqué que Jihwan préférait se montrer plus passif et se contenter de profiter de ce qu'il lui offrait (du moins il avait préféré ça la veille). Ainsi, il poussa en douceur son cadet jusqu'au lit, où tous deux s'étendirent, l'un à côté de l'autre. Ils s'enlacèrent, se touchèrent, puis vêtement après vêtement, ils se déshabillèrent pour enfin s'octroyer le plaisir dont ils avaient rêvé.

Ils ne regrettaient pas d'avoir emménagé ensemble, ils se délectaient de chaque nouvelle journée.

~~~

Lorsque Taeil rejoignit madame Lee, cette dernière se trouvait occupée à la cuisine, en train de concocter le dîner. L'étudiant la salua avant de filer dans sa chambre pour préparer son fameux PowerPoint. Au vu de l'heure, il réussirait à le terminer aujourd'hui s'il ne se laissait pas distraire.

Tout à sa tâche, il avança encore plus rapidement qu'il l'avait espéré, de sorte que quand madame Lee frappa un discret coup à sa porte pour le prévenir que le repas était servi, Taeil avait presque fini sa présentation et s'en sentait fier. Une heure de travail supplémentaire et son dossier serait clos.

Content de lui, il descendit. Madame Lee avait déjà mis la table, deux bols étaient remplis et dégageaient une savoureuse odeur. Il remercia sa propriétaire, et une fois qu'elle eut entamé le dîner, il l'imita.

« Ta journée s'est bien passée, Taeil-ssi ? » l'interrogea-t-elle pour lancer la conversation.

Il la lui résuma, toujours aussi enthousiaste qu'à l'accoutumée.

« Et vous ? Vous faites quoi de vos journées ? Vous restez quand même pas ici ? reprit-il une fois son court récit achevé.

— J'ai fait quelques courses, un jogging dans le quartier, mais rien de plus. À part ça, ménage, cuisine, et j'ai lu un peu, aussi.

— Vous vous ennuyez pas ?

— On ne s'ennuie jamais avec un bon livre, Taeil, tu devrais le savoir mieux que quiconque.

— C'est vrai. Mais... ça vous convient de rester seule ici ?

— Oui. J'ai toujours été plutôt solitaire, à vrai dire. Tu sais, quand j'ai passé mon concours d'entrée pour la police, les gens n'étaient pas tendres avec moi. On voyait mal une femme battre des hommes. On me regardait de haut, ils se pensaient plus forts que moi.

— Mais vous les avez écrasés, hein ?

— J'ai eu les meilleures notes à tous les examens, rit madame Lee, je les ai laminés ! »

Amusé par son hilarité, Taeil sourit.

« Mais… j'aurais dû m'en douter, souffla-t-elle, ça n'a pas plu aux garçons. Ils se sentaient plus légitimes sous prétexte qu'ils avaient une bite entre les jambes et pas moi. Alors devant tout le monde, un jour, j'ai crié à un de ces abrutis que moi au moins, je m'effondrerais pas si on me foutait un coup de pied entre les cuisses. J'en avais marre qu'on m'humilie à cause de mon sexe. J'avais travaillé d'arrache-pied pendant des années, c'était bel et bien moi la plus légitime pour ce métier, pas eux.

— Et il s'est passé quoi ?

— Un jour, à l'académie de police… une bande de garçons m'a coincée dans une petite salle. Ils voulaient me donner « une bonne correction », d'après leurs propres mots. Ils n'aimaient pas que je me moque d'eux, et ils voulaient que je quitte l'académie, parce qu'ils avaient peur que j'aie également les meilleures notes à l'examen final. Ils étaient cinq, on était dans une pièce trop petite pour que je puisse effectuer des mouvements larges. J'étais foutue. J'ai pris un premier coup de poing dans la mâchoire, suivi d'un second dans le ventre… j'ai essuyé quelques coups, puis… ils ont eu l'idée de faire bien pire. J'avais le visage en sang, je crachais mes poumons, mais ces porcs me trouvaient finalement assez à leur goût pour essayer de m'arracher mon haut. Tu m'aurais vue, Taeil-ssi, je me débattais comme une lionne. J'en ai mordu un, même. Et puis… la porte s'est ouverte.

— C'était un formateur ?

— C'était un élève de ma promo, rectifia madame Lee. Un garçon qui, s'il ne m'avait jamais adressé la parole, ne m'avait pour autant jamais dénigrée. Il restait dans son coin, rien de plus. Et ce jour-là, il avait entendu mes appels à l'aide depuis le couloir. T'imagines bien que les mecs, loin de se démonter, lui ont proposé de se joindre à eux. Il les a toisés avec un regard d'une noirceur effrayante, et il a affirmé qu'il raconterait tout à nos formateurs s'ils posaient une fois de plus la main sur moi. Les mecs ont pris peur : j'étais bien assez amochée pour qu'on me croie, et ils avaient mon sang sur les mains. Ils sont partis après que j'ai promis de ne rien dire en échange de l'assurance que plus jamais ils ne m'approcheraient.

— Et ils ne vous ont plus jamais embêtée ?

— Non, plus jamais, sourit-elle. Ils savaient qu'ils risquaient gros, sans compter qu'on avait une formatrice — une seule autre femme dans cet établissement — qui voulait absolument que je réussisse et qui m'avait déjà prévenue que les hommes risquaient de s'en prendre à moi. Ça lui était arrivé aussi.

— Vous avez eu de la chance que ce garçon ait pu vous tirer de ce mauvais pas !

— Oui. Il m'a accompagnée à l'infirmerie. Mon haut était déchiré, j'en ai demandé un nouveau en passant. Il est resté avec moi tout ce temps, sans prononcer un mot. Je l'ai remercié en pensant qu'il attendait ça, mais non. Il est resté. Et le lendemain, en classe, il s'est assis à côté de moi en jetant un regard assassin à ceux qui m'avaient blessée. Alors j'ai voulu le remercier, et je savais déjà comment.

— Comment ?

— Deux ans plus tard, je l'ai épousé.

— Oh, alors ce garçon...

— Il est devenu mon époux : Lee Minhyuk. Il souhaitait lui aussi intégrer la police. C'était un garçon solitaire et peu intéressé à l'idée d'avoir sa bande d'amis. Il avait subi des violences au collège, ça lui avait donné envie de devenir policier, tout comme ça l'avait dégoûté des autres. Je ne l'avais encore pas remarqué, mais il m'a avoué, bien plus tard, qu'il savait dès qu'il m'avait vue que mon sexe ici m'attirerait des ennuis, alors il surveillait toujours mes arrières. Il ne passait pas dans le couloir par hasard, ce jour-là. Il se contentait de jeter un œil aux alentours. Je lui en ai un peu voulu de m'avoir suivie tout ce temps, mais... il n'a jamais agi de manière mal intentionnée, au contraire il craignait qu'il m'arrive quelque chose. Ça m'a touchée, et il m'a finalement bien aidée. On a commencé par traîner ensemble à l'académie, et on a tous les deux reçu notre diplôme. On a réussi à être affectés ensemble ici, et on s'est mariés peu après, avec la bénédiction enthousiaste de nos familles.

— Vous étiez une super héroïne, et il était votre super héros, résuma Taeil dans un gloussement attendri.

— Exactement. Il me regardait toujours avec admiration, et moi je savais que même si j'étais plus forte dans bien des domaines, lui demeurerait là pour m'épauler dès que j'en aurais besoin. On était complémentaires, et j'avais très vite deviné qu'il serait l'homme de ma vie.

— Comme c'est romantique ! »

Madame Lee rit de sa remarque et, parce qu'elle venait de terminer son dîner, elle conclut ici son histoire pour rapporter sa vaisselle sale à la cuisine, imitée par Taeil qui espérait qu'elle poursuive son récit. Elle changea néanmoins de sujet, au plus grand désarroi de l'étudiant qui n'en montra rien et préféra agir comme s'il n'était pas impatient d'en apprendre plus sur cette femme incroyable qu'était madame Lee.

~~~

Une semaine s'était écoulée, le weekend était revenu et, en ce paisible dimanche matin, Taeil se prélassait avec joie dans son lit, un roman à la main, quand son portable vibra. Il l'attrapa d'un geste mou, peu désireux d'esquisser le moindre mouvement inutile.

Jihwan – Coucou ! Comment tu vas ? ^^

Taeil – Salut, aussi bien qu'hier, et toi ?

Jihwan – Toujours aussi bien ! Je me demandais si ça te dirait de passer à l'appartement aujourd'hui : y avait des promos hier sur les chocolats, alors j'en ai acheté deux paquets, et Yejun-hyung a proposé qu'on t'invite pour un petit goûter ! Comme ça on les partagera autour d'un film et d'une tasse de thé ! *.*

Taeil – Des chocolats, un film, une tasse de thé et mon couple préféré ? Comment refuser ? ;D

Jihwan – Cool ! On t'attend pour quinze heures, ça te va ?

Taeil – Avec plaisir !

La conversation se termina quelques échanges plus tard, et en prévision de l'après-midi de détente qui s'offrait à lui, Taeil se hâta de commencer son travail. Un professeur leur avait demandé une analyse de texte qu'il acheva alors que l'heure du déjeuner approchait. Le devoir ne pressait pas, il devait être rendu dans une semaine, mais l'étudiant, par le passé, avait tendance à procrastiner, ce qui lui avait autrefois coûté très cher. De fait, il avait décidé de ne plus jamais reporter au lendemain ce qu'il était en mesure de réaliser le jour même.

De cette manière, il était devenu le garçon le plus sérieux de l'université, et probablement celui qui accumulait le plus d'avance. Par conséquent, il éprouvait la sensation de n'étudier qu'au début de chaque semestre, après quoi il regardait ses camarades paniquer pour terminer à temps des travaux donnés des mois plus tôt.

Ça l'amusait beaucoup !

Il descendit un peu avant midi pour aider sa propriétaire à mettre la table. À la cuisine, madame Lee s'affairait avec la même énergie qu'à l'accoutumée, elle salua Taeil en le voyant.

« Comment tu vas, Taeil-ssi ? s'enquit-elle. Tu profites bien de ton weekend ?

— À merveille, j'ai fini un devoir pour dans une semaine et demie, et cet après-midi je vais voir Jihwan.

— C'est bien ! Mais dis-moi, ce garçon qui est venu l'autre fois, avec Jihwan, et qui avait l'air un peu plus âgé, c'est un de tes amis aussi ?

— Oui, c'est Yejun, il nous a fait visiter l'université quand on est entrés en première année, et on est devenus amis.

— Je suis heureuse que tu te fasses des amis aussi précieux, garde-les bien auprès de toi.

— J'y comptais bien, ne vous inquiétez pas pour ça, approuva Taeil en sortant la vaisselle du placard.

— Tu sais… en tant que policiers, monsieur Lee et moi étions très respectés, mais nous avions tous deux du mal à nous ouvrir, se confia-t-elle d'un ton nostalgique après un instant de silence. Nous avions peu d'amis, surtout que Minhyuk s'était mis tous les garçons à dos, à l'académie, en traînant avec moi. Nous n'avons gardé aucun ami de nos années d'études. Il y avait bien une fille avec qui je discutais encore depuis le lycée, mais peu après elle est partie en Amérique, alors nous avons perdu contact. Nous avions encore notre famille, heureusement : je me suis beaucoup rapprochée de la sienne, et lui de la mienne. Ses sœurs et cousines sont devenues mes amies, et mes cousins sont devenus ses amis aussi. Nous étions heureux, mais j'ai toujours regretté de ne pas avoir d'amis au travail…

— Il y avait peu de femmes, dans votre service ?

— Toutes les femmes du commissariat étaient des hôtesses d'accueil, ou bien des techniciennes de surface.

— Et même avec les années, ça vous a pas aidée ?

— Je te l'ai dit, je n'ai pas travaillé très longtemps. À vrai dire, j'ai abandonné ma carrière après moins de cinq ans dans la police.

— Mais c'était votre rêve ! protesta Taeil en lui lançant un regard outré.

— Oui, c'était mon rêve et je l'avais réalisé. J'étais heureuse, fière de moi… mais un autre rêve grandissait peu à peu en moi, et il était devenu mon absolue priorité, souffla-t-elle avec un sourire ému et une main posée sur son bas-ventre.

— Vous êtes tombée enceinte…

— Oui. J'ai toujours voulu protéger les autres, mais plus que tout je voulais construire, un jour, une famille que je protègerais comme une louve. Je voulais élever un enfant, lui apprendre le monde, le prévenir de tout danger, et l'aider à s'épanouir ici-bas en toute sécurité. Minhyuk était ravi, mais… il a beaucoup craint que cette grossesse ne m'affecte, convaincu que je voulais privilégier ma carrière. On a fini par en discuter, et je lui ai expliqué que j'avais aimé être policière, mais que désormais et pour quelques années, je voulais essayer de devenir mère. Il m'a redemandé mille fois si j'étais sûre de moi, il a proposé de devenir père au foyer, parce qu'il savait à quel point j'aimais mon travail, mais lui aussi l'aimait, et je sentais d'emblée une trop forte connexion entre ce bébé et moi. Je voulais rester auprès de lui autant que possible. Alors, quelques mois plus tard, mon nouveau rêve s'est concrétisé.

— C'était un garçon ou une fille ? demanda Taeil une fois la table mise.

— Un magnifique petit garçon.

— Et vous l'avez appelé comment ?

— Son père et moi n'étions pas d'accord sur le prénom, gloussa-t-elle, alors on a fait un pierrefeuille-ciseaux pour savoir qui lui donnerait son prénom. Et à mon grand désarroi, c'est Minhyuk qui a gagné.

— Ah, et vous l'avez appelé comment, alors ?

— Notre fils s'appelait Lee Junwoo.

— Oh comme c'est mignon ! Alors c'est vous trois, sur les photos ? l'interrogea Taeil en jetant un regard aux images sur les meubles.

— Oui, c'était ma sublime petite famille. »

Elle s'assit à table et lui souhaita un bon appétit avant même que Taeil, sourcils froncés, ne puisse lui poser la moindre question concernant son utilisation d'un temps passé. Un frisson remonta le long de son échine, mais il garda le silence et entama à son tour le déjeuner, pensif. Il s'aperçut qu'en dépit de son habituel air serein, il brillait dans le regard de madame Lee quelque chose de sombre et de douloureux… et il se douta que son récit, qui avait si bien commencé, ne se terminait peut-être pas comme il l'avait imaginé.

Après s'être occupé de la vaisselle, Taeil proposa à sa propriétaire de jouer à un jeu vidéo : il avait remarqué une console sous la télévision – une Wii qui devait dater de plusieurs années déjà.

« Elle fonctionne toujours, n'est-ce pas ? s'enquit l'étudiant en y jetant un regard empli de curiosité.

— Oui, et les manettes aussi.

— Vous avez beaucoup de jeux ?

— Tu n'imagines même pas ! Et fais attention, parce que je suis plutôt douée !

— C'est ce qu'on va voir, jubila Taeil. Je vous laisse choisir, pour la peine !

— Tu vas t'en mordre les doigts, gloussa-t-elle. Je te défie à Mario Kart ! »

L'éclat espiègle qui illuminait ses prunelles la rajeunissait, et chacun s'empara d'une manette une fois la console allumée, avec le bon disque à l'intérieur. Taeil choisit Mario, un personnage de poids moyen à la maniabilité parfaite, et… il écarquilla les yeux lorsque madame Lee sélectionna pour sa part Bowser, un personnage lourd à la maniabilité relative. Il fut plus surpris encore quand elle décida de jouer en mode manuel, et non automatique, et il crut mourir quand elle opta pour le circuit arc-en-ciel pour commencer.

Madame Lee, de ce que sa partie indiquait, avait remporté toutes les coupes du jeu…

« C'est une blague, c'est ça ? se plaignit Taeil avant le début de la course. Vous faites genre, mais vous êtes pas si forte.

— C'est beau, l'espoir. J'avais un fils accro à Mario Kart, et un époux avec des horaires compliqués. Qui jouait avec lui, à ton avis ?

— Oh mon dieu… »

La manche démarra et, sans qu'il comprenne comment elle s'était débrouillée, Taeil vit sa propriétaire déclencher dès la première seconde un accélérateur dont il n'avait pas bénéficié (elle devait connaître une astuce !), et il ne parvient pas à la rattraper. Pire, elle réussit à creuser l'écart !

« Mais vous êtes pas humaine ! s'exclama Taeil une fois les quatre courses de la coupe achevées. Comment vous avez fait !

— La talent, gamin, tous les vieux ne sont pas mauvais aux jeux vidéo. »

Elle jubilait, quel plaisir de jouer de nouveau après toutes ces années ! Cette partie la renvoyait bien longtemps en arrière, quand son fils lui adressait la même expression surprise voire outrée qu'affichait Taeil à cet instant précis.

Ils enchaînèrent les circuits, les rires, et Taeil exulta quand il réussit pour la première fois à vaincre sa puissante adversaire qui, entre temps, lui avait appris quelques techniques.

« C'était trop bien ! se réjouit-il en enfilant ses chaussures. Je tarderai pas trop ce soir, faudra qu'on se refasse une partie ! À tout à l'heure !

— Amuse-toi bien, Taeil-ah. »

Elle le regarda s'en aller avec tendresse en le saluant, et Taeil se dépêcha de rejoindre ses amis – il était parti avec cinq minutes de retard par rapport à ce qu'il avait prévu, mais peu importait, il avait battu madame Lee !

En pressant un peu le pas, l'étudiant arriva à l'heure dans son ancien appartement. Jihwan lui ouvrit, ils échangèrent une brève étreinte, et Taeil adressa un signe de la main à Yejun qui lui accorda un sourire pendant qu'il servait le thé. Les trois garçons se retrouvèrent bien vite autour de la petite table du couple.

« Alors, la colocation se passe bien ? s'enquit Taeil sans quitter des yeux le film qu'ils avaient lancé sur l'ordinateur de Yejun.

— Super, oui, approuva Jihwan. J'espère que ça va toujours de ton côté.

— Très bien, merci. Pas trop gênés, les soirs, dans le lit ?

— Au début, si. Et puis... disons qu'on a appris à en profiter. »

À ces mots, Taeil se tourna d'un geste brutal vers les deux autres qui, rouges d'embarras, souriaient malgré tout.

« Non, vous l'avez fait ? s'exclama Taeil.

— Possible...

— Bah putain, vous avez pas perdu de temps ! Pendant des mois, une relation ultra pure, limite enfantine, et il suffit de vous foutre dans le même appartement deux semaines pour que ça baise non-stop !

— On baise pas, on fait l'amour, rétorqua Yejun.

— C'est totalement pareil.

— Absolument pas.

— La différence ?

— J'ai vraiment besoin de te l'expliquer ?

— Je voudrais ta vision des choses, acquiesça Taeil. Je veux m'assurer que mon meilleur ami soit entre de bonnes mains.

— Oh t'en fais pas pour ça, elles sont très bonnes, même, gloussa Jihwan.

— La différence, répliqua Yejun en jetant un regard réprobateur à son copain, c'est qu'on prend le temps de se découvrir, se redécouvrir, et s'aimer.

— Donc en plus vous y passez la nuit, résuma Taeil avec un visage choqué.

— Jihwan, il le fait exprès, rassure-moi...

— J'ai des doutes, rit son compagnon, mais peu importe. Laisse-le s'imaginer n'importe quoi, on s'en fout.

— Ouais mais justement, j'ai pas envie qu'il s'imagine n'importe quoi. Je t'aime, Jihwan-ah, et j'ai pas envie que ton meilleur pote nous imagine en train de baiser comme des animaux en chaleur. Je suis pas comme ça, et toi non plus, tu le sais très bien.

— Oh hyung... c'est trop mignon, je t'aime ! » clama Jihwan en l'enlaçant.

Déstabilisé par ce brusque élan d'affection, Yejun manqua de peu d'en chuter de sa chaise. Il parvint au dernier moment à s'équilibrer, sous le regard amusé de Taeil qui, parce qu'il connaissait son meilleur ami, avait vu son geste soudain arriver à des kilomètres. Yejun s'habituerait.

Jihwan offrit un discret baiser à son copain, sur un petit nuage. Bien sûr qu'ils ne se contentaient pas de coucher ensemble de manière brève et affamée. Ils commençaient par s'embrasser, se caresser mutuellement le dos, les jambes, le torse. Des actes chastes qui leur brûlaient la peau. Ils pouvaient y passer dix voire vingt minutes avant qu'enfin tout devienne un peu plus lascif – juste un peu – puis de plus en plus sensuel, jusqu'à ce que les vêtements soient retirés. Tout alors demeurait lent, mais bien plus charnel. Les baisers continuaient de se succéder, rythmés par de savoureux coups de reins.

Ils s'exprimaient un amour mêlé de désir, et non une soif brutale du corps de l'autre.

« L'amour fou, en somme, conclut Taeil avec un regard malicieux pour le couple qui s'enlaçait encore.

— Exactement ! »

Et le sourire de Jihwan le convainquit de son bonheur sans nuages.

Une fois le film terminé, les deux hôtes rapportèrent les mugs dans le petit évier pour les laver plus tard, et ils s'installèrent sur le lit. Yejun sortit son portable de sa poche et Jihwan, toujours à la recherche de l'attention de son bien-aimé, se cala contre lui, la joue contre son torse. Taeil, qui avait attrapé son téléphone pendant que ses aînés rangeaient la vaisselle, leur jeta un regard et s'assit au bord du matelas.

« Je pense que je vais vous laisser, indiqua-t-il, j'ai un truc à faire chez madame Lee.

— Ah ? lâcha son meilleur ami en lui jetant un regard inquisiteur.

— Ouais… une partie de Mario Kart à gagner.

— C'est une blague ?

— Même pas ! Madame Lee a un talent fou à ce jeu, elle y a joué pendant des mois voire des années avec son fils ! C'est impressionnant !

— Son fils ? releva Yejun. Je croyais qu'elle vivait seule.

— Il doit être parti, ou bien il vit avec son père ailleurs. J'allais quand même pas poser la question, répondit Taeil dans un haussement d'épaules.

— Ou alors elle les a tués tous les deux, et leur corps repose dans la chambre en travaux, réfléchit Jihwan.

— Tu devrais te taire, parfois, ça t'éviterait de dire n'importe quoi…

— Il a pas tort, » approuva Yejun au grand désarroi de son compagnon.

Jihwan poussa un soupir et Taeil se redressa pour s'en aller. Il salua les deux garçons qui le lui rendirent et remit ses chaussures avant de quitter le petit studio. Il partit à la hâte, impatient de jouer de nouveau contre sa propriétaire qu'il considérait de plus en plus comme une nouvelle amie. Elle le rassurait à propos de ses cours, l'encourageait, le soutenait, et parfois il en venait à songer qu'il avait trouvé une seconde mère. Vivre sous le même toit les avait vite rapprochés.

En rentrant, Taeil découvrit le rez-de-chaussée vide. Étonné, car la femme y passait l'essentiel de son temps, il grimpa à l'étage et frappa à sa chambre.

« Madame Lee ? Vous avez le temps pour une revanche sur Mario Kart ? demanda-t-il d'un ton enjoué

— Bien sûr, lança-t-elle depuis l'autre côté de la porte. Va allumer la console et t'entraîner, j'arrive dans dix minutes ! »

Sa voix claire rassura Taeil qui redescendit à la hâte. Il se dépêcha d'allumer la Wii, conscient qu'en dix minutes, il pouvait terminer deux courses. Il s'entraîna, acharné, jusqu'à ce que la maîtresse de maison le rejoigne – il ignorait combien de temps il l'avait attendue, mais il avait compté trois circuits. Madame Lee lui offrit un sourire qui, à ses yeux, sembla étrange. Il se retint de lui adresser une remarque ou une question quelconque, il préféra songer qu'au moins, si quelque chose se passait mal, grâce à lui elle s'aérait l'esprit. S'agissait-il de ses problèmes d'argent ? Ou peut-être cela avait-il quelque chose à voir avec l'absence des deux hommes de sa vie...

Taeil pensa à la chambre en travaux. Lui dormait sans aucun doute dans celle occupée jadis par Jun-woo, mais dans ce cas, que cachait cette pièce mystérieuse ?

Ils jouèrent de nouveau ce soir-là, avant et après dîner. Madame Lee paraissait avoir retrouvé son entrain habituel, elle lâchait des exclamations joyeuses et, au plus grand désarroi de Taeil, l'écrasait à leur jeu de course.

Ils s'amusaient sur le circuit arc-en-ciel, Taeil rejoignait peu à peu sa principale adversaire alors que la nuit était déjà tombée depuis un moment. Madame Lee le surveillait et, d'un mouvement habile, quand Taeil la rattrapa, elle se servit de son personnage plus lourd que le sien pour le projeter hors de la route. Mario disparut dans les profondeurs obscures de l'univers, et son écran s'assombrit de longues secondes qui lui coûtèrent la victoire. Madame Lee s'esclaffa et, sur le point de passer la ligne d'arrivée, elle paradait de fierté. Elle se remémorait autant de bons souvenirs que de courses jouées, son bonheur lui sembla tout à coup sans limites, elle se sentait jeune, comblée par un passé qu'elle revivait.

« J'ai encore gagné ! Tu m'arrives pas à la cheville, Jun-ah ! »

Son kart franchissait la ligne alors qu'elle se rendait compte de ce qu'elle venait de dire, de la façon dont elle venait d'appeler Taeil. Son expression se métamorphosa, elle pâlit et son sourire s'évanouit. L'étudiant lâcha sa manette.

« Eh, madame Lee, vous allez bien ?

— O-Oui, Taeil-ah, je… excuse-moi, j'étais… ailleurs. »

Son rire nerveux inquiéta Taeil qui, sur le point de reprendre la parole, fut néanmoins coupé.

« Je vais aller me coucher, je suis fatiguée. Passe une bonne soirée, à demain.

— Vous êtes sûre que ça va ?

— Bien sûr, ne t'en fais pas. Au revoir. »

Il opina sans conviction, soucieux, et préféra garder le silence tandis que sa propriétaire s'en allait d'un pas plus lourd qu'à l'accoutumée. Le cœur serré de voir cette femme soudain si chagrinée, Taeil ne put se résigner à la laisser. Il la rejoignit, elle grimpait les escaliers.

« Vous avez pas fini de me raconter votre histoire, madame, lui rappela-t-il. Qu'est-ce qui s'est passé ensuite ? »

Dos à lui, madame Lee s'immobilisa. Les muscles crispés, Taeil crut qu'elle allait s'énerver contre lui… mais elle reprit son récit, la voix emplie de douleur.

« Junwoo a grandi dans un foyer aimant, soufflat-elle. Son père s'assurait qu'il ne manque de rien d'un point de vue matériel, et nous deux veillions à ce qu'il reçoive autant d'amour que possible. Il était un enfant heureux, Taeil-ah, mais un enfant qui a entendu son père dire les pires choses possibles.

— Qu'est-ce qui s'est passé ?

— Mon époux avait toutes les qualités du monde, mais... il a été élevé avec certains principes. La plupart, il a compris qu'ils étaient infondés et stupides — j'ai moi-même pu lui prouver que non, les femmes n'étaient pas forcément inférieures aux hommes quand il s'agissait de sport. Mais... Minhyuk a toujours été très fermement opposé à l'amour pour tous... sans remarquer que son propre fils regardait plus les hommes que les femmes.

— Junwoo... Il...

— Il était homosexuel, opina madame Lee. En grandissant, il s'en est vite rendu compte, notamment une fois arrivé au collège. Mais il avait entendu tant de fois son père dire du mal de ceux qui, comme lui, osaient aimer une personne du même sexe. Et il m'avait aussi entendue défendre ces mêmes personnes. Alors, une fois adolescent, un jour qu'on jouait à Mario Kart, justement, il m'a demandé si on pouvait discuter. Il savait qu'il pouvait me faire confiance. J'ai acquiescé, et on est allés dans sa chambre, où il m'a tout avoué, et surtout cette attirance qu'il éprouvait pour un garçon de sa classe. Il était si bouleversé... et j'étais abattue.

— Vous étiez triste qu'il soit homosexuel ?

— Oui. Moi, je m'en moquais, je l'aimais comme il était, mais j'étais triste parce que son père, l'homme qu'il aurait dû prendre pour modèle, l'effrayait. Minhyuk pouvait se montrer borné, même avec ceux qu'il aimait. Il a accepté de reconnaître qu'une femme pouvait être plus forte qu'un homme quand je lui ai cassé le nez, c'est dire — on n'était pas encore ensemble à cette époque, il m'avait provoquée et ça m'avait agacée, je me suis un peu énervée. Mais Junwoo... c'était un gamin si sensible, si timide. J'avais peur qu'il n'ait pas la force de tenir tête à son père, et je sentais que si son père le critiquait, Junwoo le vivrait très mal et préfèrerait se renfermer.

« Tu sais, Taeil-ah, c'est comme ces filles qui prétendent ne pas vouloir d'enfants. Il y a toujours des cons pour leur répondre qu'elles changeront d'avis. Le père de Junwoo, je savais qu'il aurait réagi comme ça à la nouvelle de l'homosexualité de son fils : ça finira par lui passer, en grandissant il sera attiré par les filles. Mais c'était moi qui passais mes journées avec lui, moi qui le connaissais... et je savais au fond de mon cœur qu'il ne s'agissait pas d'un caprice ou d'une crise d'ado. Notre fils aimait les hommes, mais peu m'importait, parce que moi j'aimais mon fils.

— Et... est-ce qu'il l'a dit à son père ?
— Oui, le jour de sa majorité.
— Qu'est-ce qui s'est passé ?
— Le soir même, Junwoo s'est enfui après avoir été sévèrement réprimandé par son père. Minhyuk lui hurlait dessus, et moi je hurlais sur Minhyuk, plantée devant Junwoo dans l'espoir de lui prouver que sa mère le soutenait. Ça n'a rien changé. Le monde de notre fils s'est effondré quand son père lui a dit qu'il deviendrait la honte de cette famille s'il continuait d'aimer les garçons.

— Il... oh mon dieu.
— Mon fils, mon précieux bébé, mon tout petit homme, a décidé de s'enfuir, murmura madame Lee dont la voix brisée peinait à s'élever. J'ai aussitôt posé un ultimatum à Minhyuk : soit il allait récupérer

son fils tout de suite, soit je partais avec Junwoo pour refaire ma vie avec un homme capable d'accepter mon enfant. Minhyuk était furieux, mais il n'a pas refusé. Il est parti... et...

— Il a retrouvé Junwoo ?

— Il ne devait pas faire très attention en conduisant, parce qu'il a eu un accident. Je l'ai rejoint à l'hôpital où il a péri quelques heures plus tard, sans que je sache où se trouvait Junwoo, puisqu'il avait laissé son portable et toutes ses affaires ici.

— I-Il...

— Ça fait un peu plus de deux ans maintenant que j'ai perdu à la fois mon époux et mon fils, oui. La police n'a même pas accepté de rechercher Junwoo : il était majeur, il est parti des suites d'une dispute. Ils ont bien voulu qualifier ça de fugue, mais ils ont refusé d'enquêter. Et Junwoo n'est jamais revenu, il ne m'a jamais donné signe de vie. J'ignore même s'il vit toujours. »

Et sur ces mots, madame Lee fondit en larmes. Taeil, debout derrière elle, grimpa les quelques marches qui les séparaient pour lui offrir une étreinte réconfortante dans laquelle sa propriétaire, loin de se sentir gênée, se blottit de manière désespérée.

« Vous avez essayé de contacter un détective ? Pour le retrouver ? proposa Taeil.

— Je n'en avais plus les moyens : après la mort de mon époux, j'ai pu vivre un peu sur nos réserves et sur l'argent de l'assurance vie qu'il avait contractée, mais je savais qu'avec la maison qu'on n'avait pas fini de payer, ça allait vite se compliquer. Je ne pouvais pas dépenser trop, et même les détectives les moins chers demandaient trop... »

Elle renifla en s'écartant de l'étudiant, qui l'observait le cœur lourd. Madame Lee, le visage déformé par la peine, demeurait magnifique, pareille à une statue grecque sous un torrent de pluie.

« Il est parti sans rien ? demanda-t-il encore.

— Seulement son portefeuille. Rien d'autre. Et il n'avait pas de carte de crédit, seulement une belle somme en liquide qu'il économisait depuis longtemps. J'imagine qu'il s'est rendu chez un ami, mais je ne connaissais pas ses fréquentations et j'ai eu beau chercher dans sa chambre, dans son portable, je n'ai rien trouvé qui pourrait m'indiquer chez qui il se rendait. J'ai passé des nuits entières à l'imaginer seul, désespéré, dans la rue ; ça m'a détruite. J'ai erré dans Séoul sans savoir où chercher, je m'y suis perdue, j'y suis restée des journées entières dans l'espoir de le voir ressurgir tout à coup... mais rien. Il n'était nulle part. J'ai appelé la famille, mais ils ne l'avaient pas vu non plus.

— Je suis désolé, madame Lee.

— Ce n'est rien. Viens. »

Elle termina de grimper les escaliers, Taeil sur ses talons. Elle approcha de la chambre en travaux, en poussa la porte... pour dévoiler une pièce aux couleurs froides mais à la décoration chaleureuse, constituée de posters de différents mangas et de quelques dessins d'une précision impressionnante.

« Je croyais qu'il fallait que vous fassiez des travaux dans cette chambre...

— Oui, il faudrait que je dénude les murs, que j'enlève les meubles, et que je crée un espace neutre pour un nouveau locataire... mais je n'en ai pas le courage. On avait une chambre d'amis, celle que tu occupes actuellement. Celle de Junwoo, je ne pouvais pas la toucher. Agir de cette manière, ce serait admettre que mon enfant ne reviendrait plus jamais, et ça... »

Elle retint un sanglot, mais sa voix mourut.

« Je n'y arrive pas, termina-t-elle dans un murmure.

— Je comprends. Il avait l'air d'aimer les mangas et le dessin, n'est-ce pas ?

— Oh ça oui, il rêvait d'entamer des études d'art, et il possédait un indéniable talent – le même que son père. Il aimait beaucoup dessiner, il se rêvait dessinateur de webtoons, il avait même une idée qu'il développait depuis quelques mois. Il avait refusé de me la raconter, parce qu'il n'avait pas encore tous les détails de son histoire qu'il jugeait trop bancale. C'était un perfectionniste.

— Vous deviez beaucoup l'admirer.

— Au moins autant que je l'aimais.

— Il a eu la meilleure mère possible, affirma Taeil d'un ton empli de tendresse.

— Si j'avais pu faire plus pour lui... si j'avais pu parler à son père avant. J'aurais dû obliger Minhyuk à s'excuser immédiatement auprès de son fils au lieu de le laisser filer. Je ne pensais pas que la haine pouvait détruire si vite une famille aussi unie que la nôtre. Il a suffi de quelques minutes, et... plus rien n'était pareil, nous avions tous pris un chemin différent.

— Vous ne pouviez pas savoir, soupira Taeil, les choses sont comme elles sont, il est maintenant trop tard pour en éprouver des remords. Vous, vous avez toujours été là pour votre fils, vous avez aucun reproche à vous faire.

— Merci beaucoup, Taeil-ah.

— Je vais essayer de le retrouver, je vous le promets. Je demanderai à toute l'université, toute la ville s'il le faut, mais je le retrouverai. »

~~~

Madame Lee avait répondu que ça ne servait à rien, qu'elle-même s'était heurtée à un mur au cours de la petite enquête qu'elle avait menée. Taeil avait refusé de partir défaitiste, mais aujourd'hui, après trois mois de recherche, il désespérait. Le nom de Lee Junwoo ne parlait à personne, que ce soit à l'université ou bien sur les réseaux sociaux. Un haussement d'épaules, une moue dubitative, un regard curieux. Il n'obtenait rien d'autre. Il avait bien sûr commencé par les élèves du département d'arts, il s'était mêlé aux communautés Twitter et Instagram des artistes et des fanartistes, mais rien non plus. Jihwan et Yejun l'aidaient, ainsi que Minho, le demi-frère de Yejun, qui pour sa part travaillait dans un petit magasin d'art dans le quartier huppé de Gangnam.

Rien. Pas un indice.

Dépité, Taeil n'en démordait pas pour autant. Il avait mémorisé chaque trait du visage de Junwoo, madame Lee lui avait montré tant de photos et de films de lui qu'il jurerait l'avoir toujours connu. Il commençait même à éprouver de l'affection pour lui, il le découvrait à travers les anecdotes de sa mère qui lui racontait toutes les frasques de son fils, ses passions, ses tics de langage et de parole.

Minho – Alerte ! Alerte ! J'ai quelque chose !

En lisant le SMS, Taeil, jusqu'à présent étalé sur son lit, bondit sur ses pieds.

Taeil – Quoi ? Sur Junwoo, c'est bien ça ?

Minho – Oui ! J'ai placé une affichette la semaine dernière avec la photo de lui que tu m'avais envoyée, et un type dit qu'il le connaît !

Taeil – T'es sérieux ! Dis-en plus !

Alors qu'il attendait un nouveau message, Taeil reçut un appel. Il décrocha aussitôt que le nom de Minho apparut.

« Allô, hyung ? Alors ? T'as des nouvelles ?

— Oui : un mec est passé à l'instant ! En voyant l'affichette, il a demandé pourquoi elle était là, et je lui ai dit que c'était un jeune que sa mère cherchait depuis deux ans ! Alors il m'a dit qu'il connaissait Junwoo !

— Sérieux, et il vit où ? T'en sais plus ?

— Euh… alors en fait, il a refusé de m'en parler.

— Pardon !

— Il m'a dit qu'il en parlerait à Junwoo et que s'il le souhaitait, Junwoo viendrait de lui-même me parler demain matin.

— Je vois… donc réponse demain matin, c'est bien ça ?

— Oui. Mais même s'il vient pas et que c'est ce type qui revient, j'essaierai de le convaincre au moins de me donner de ses nouvelles. Ça me fend le cœur d'imaginer sa maman se faire un sang d'encre pour lui…

— Oui, pareil.

— Je te tiendrai au courant, je te redis dès qu'il passera !

— T'es le meilleur ! Mais t'embête pas, je viendrai au magasin demain matin, j'ai pas cours. Je veux lui parler, c'est devenu presque vital pour moi comme pour sa mère. Ça fait trop longtemps que je le cherche pour risquer de le laisser filer maintenant !

— D'acc, comme tu le sens.

— D'ailleurs, ce mec qui connaît Junwoo, il était venu acheter quoi, à l'origine ?

— Des bombes de peinture pour faire des graffitis.

— Dans des endroits où c'est autorisé, j'espère. La mère de Junwoo est une ancienne flic…

— Ça, j'en sais rien. Moi je juge pas, je vends.

— Ouais, j'imagine… Bon, bah à demain, dans ce cas !

— Bonne journée, à demain ! »

Ils raccrochèrent, et Taeil posa une main sur son cœur qu'il sentit cogner à une vitesse folle. Il brûlait d'envie d'en parler à madame Lee, mais… il ne pouvait pas lui donner de faux espoirs. Si Junwoo refusait de revoir sa mère, la pauvre en serait brisée. Taeil préférait encore lui mentir en prétendant qu'il avait cessé ses recherches.

La soirée parut bien trop longue à Taeil qui, de surcroît, dormit mal. Il n'arrêtait pas d'imaginer les pires scénarios pour le lendemain, il s'en rongea les sangs jusqu'à l'aube – heureusement que ses cours ne débutaient que dans l'après-midi. Pourtant, il se leva à sept heures, s'habilla, se dirigea à la cuisine pour le petit déjeuner que madame Lee lui avait préparé avant de partir (elle venait de trouver un travail de secrétaire dans une grande entreprise), puis il se rendit à la boutique dans laquelle travaillait Minho pour payer ses études. Ce dernier, au comptoir, discutait avec une cliente. Taeil leur accorda peu d'attention, il se balada dans les rayons. Les minutes passèrent, puis les heures.

Taeil avait abandonné l'idée de se promener, à la place il avait sorti son portable et jouait à un jeu en ligne en même temps qu'il échangeait quelques messages avec Jihwan.

Le carillon de la porte se fit entendre. Taeil leva le regard pour découvrir un grand brun au visage sympathique, accompagné par un autre garçon un peu plus petit qui, le dos voûté, observait ses pieds. Tout de noir vêtu, ce dernier dénotait par rapport à son ami, de qui le chaud manteau rose s'accordait à merveille avec le pantalon bleu-turquoise. Ces couleurs pastel effaçaient l'air imposant que lui conféraient ses larges épaules et les piercings à ses oreilles.

« Bonjour ! lança-t-il. Me revoilà ! »

Et le petit brun leva la tête. Taeil, installé près de Minho au comptoir, écarquilla les yeux. Aucun doute. Ces prunelles noisette, ce visage parfait, cette peau aussi pâle que la neige…

« Junwoo, murmura-t-il.

— B-Bonjour… »

Contrairement au Junwoo des photographies montrées par madame Lee, celui-ci portait de nombreuses boucles d'oreilles, et son arcade sourcilière ainsi que ses lèvres étaient percées. Un tatouage lui remontait le long du cou, un dragon qui ouvrait la gueule comme s'il comptait dévorer la tempe gauche du jeune homme. Son air timoré contrastait avec son apparence sombre qui rappelait plus un délinquant que le gentil fils de deux policiers – mais que signifiait l'apparence, après tout ? Taeil se moquait des clichés liés au physique.

« Alors c'est bien toi ? réagit Taeil de qui le regard s'illumina de bonheur. Oh mon dieu, je n'y croyais plus ! Je te cherche depuis trois mois !

— Hein ? lâcha le garçon, les prunelles emplies d'incompréhension.

— Ta mère te cherche, Junwoo, elle voudrait tellement te revoir ! S'il te plaît, viens avec moi la rassurer !

— Comment tu connais ma mère ? grimaça Junwoo, tout à coup sur la défensive.

— Je loue votre chambre d'amis depuis la rentrée. Elle m'a parlé de toi, et je me suis fourré dans la tête de te retrouver, parce qu'elle est gentille et que j'aimais pas la voir pleurer.

— Elle pleurait ? »

Son visage changea pour exprimer soudain toute son inquiétude.

« Bien sûr qu'elle pleurait. Elle t'aime tellement… s'il te plaît, viens avec moi. Il est bientôt midi, elle va arriver pour le déjeuner.

— Depuis le temps que tu veux la revoir, souffla l'ami de Junwoo d'un ton peiné. Vas-y, Jun. »

Après une hésitation de courte durée, le garçon acquiesça, et Taeil en bondit de joie. Il attrapa le bras de son cadet – il avait appris que le jeune homme avait deux ans de moins de lui, et fila sans même adresser un mot à Minho ou bien à l'ami de Junwoo, qui s'esclaffa en le regardant détaler.

« Mais enfin, pourquoi t'es aussi pressé ? demanda Junwoo qui néanmoins se laissait tracter.

— Parce qu'elle va être trop contente, et moi j'ai hâte ! T'imagines même pas !

— C'est quoi, ton nom, d'abord ?

— Kwon Taeil, enchanté ! »

Junwoo ne répondit pas. Lui qui s'avérait pourtant sportif, il peinait à suivre le rythme que lui imposait ce parfait inconnu. Ils arrivèrent devant la maison de madame Lee, Taeil sortit ses clés et entra, le cœur battant d'angoisse et d'impatience à la fois. Junwoo se recroquevilla, l'air effrayé. L'aîné posa une main affectueuse sur son épaule tandis que s'élevait dans le couloir une odeur succulente.

« Taeil-ah, lança une voix délicate depuis la cuisine, je viens de finir le déjeuner, c'est prêt !

— J'arrive, madame ! »

Et sans douceur, il agrippa de nouveau le bras de Junwoo qu'il tira avec lui. Ce dernier ne protesta pas, crispé par l'anxiété. Ils entrèrent dans la cuisine où, de dos, madame Lee s'affairait à terminer le dressage de ses plats.

« Par contre, il nous faudra sûrement un couvert de plus, songea Taeil tout haut.

— Un couvert de plus, mais qu'est-ce que… »

Madame Lee s'était tournée, imaginant sans doute découvrir Jihwan ou Yejun. Un bol entre les mains, elle écarquilla les yeux en reconnaissant son fils, la prunelle de ses yeux, la chair de sa chair. Pétrifiée, elle en laissa tomber le mug de thé qu'elle venait de remplir. La porcelaine se brisa.

« Ah… bah du coup faudra pas une mais deux tasses supplémentaires, constata Taeil.

— Junie…

— Salut, maman… »

Deux murmures à peine audibles, mais deux murmures qui parurent retentir avec la puissance d'une explosion. Madame Lee, ignorant la boisson brûlante et la tasse cassée à ses pieds, s'avança. Dans un mouvement tremblant, elle leva les mains pour prendre en coupe le visage de son enfant.

« Mon Junie… oh mon dieu… »

Des larmes lui échappèrent, elle tremblait, et Junwoo laissa à son tour couler son angoisse et sa peine.

« Je suis désolé, maman. D'être parti. Et pour les piercings et les tatouages aussi. Je… ça me faisait du bien.

— Tu n'as pas changé d'un trait, mon poussin. »

Et elle se jeta dans ses bras. Junwoo, bouleversé, la serra contre lui avec une force telle qu'à travers ce seul geste, il promettait de ne plus jamais l'abandonner. De bruyants sanglots prirent madame Lee, et Taeil à son tour dut écraser une larme, touché par ce débordement de joie.

« Junwoo, mon Junie ! Je n'en crois pas mes yeux ! Je dois rêver ! Tu es revenu !

— Je suis là, maman, je t'aime tellement !

— Tu m'as manqué, tous les jours tu m'as manqué ! Mon âme n'était plus entière sans la tienne à mes côtés ! Mon ange, mon merveilleux petit garçon ! »

Taeil se mordit la lèvre, submergé par l'émotion. Quel dénouement magnifique à cette histoire commencée quatre mois plus tôt !

La mère et le fils s'étreignirent longtemps, se murmurèrent leur affection, leur douleur, leur bonheur, et Taeil, qui avait décidé de s'occuper du déjeuner pour leur octroyer un peu d'intimité, revint les voir après une dizaine de minutes.

« J'ai tout installé sur la table du salon, indiqua-t-il, vous pouvez venir manger.

— Merci beaucoup, Taeil-ah, souffla la propriétaire, merci pour tout. »

Il lui adressa un sourire ravi, et tous passèrent dans l'autre pièce.

« Tu dois me raconter, Junwoo, qu'est-ce que tu as bien pu faire tout ce temps ? s'enquit sa mère, les yeux pétillants.

— Je suis allé chez un ami à moi, Seuljae. Je vis encore chez lui.

— Tu ne m'avais jamais parlé de lui, pourtant...

— Oui, c'était juste un étudiant que j'avais rencontré quelques semaines avant... avant de partir. Et je savais qu'il possédait son propre studio. Il m'a hébergé. »

Junwoo raconta ses deux années de solitude : il avait enchaîné les petits boulots pour se payer, à terme, une formation dans le dessin. Il l'avait commencée seulement cette année, à la rentrée qui avait eu lieu quelques mois plus tôt. Ses professeurs voyaient en lui un artiste prometteur, ce qui le comblait de bonheur, et il vivait avec Seuljae en continuant de travailler à côté pour gagner un peu d'argent et financer les courses.

« Pourquoi n'être jamais revenu ? demanda sa mère au terme de son histoire.

— Je savais que papa serait énervé… »

La gorge serrée, sa mère lui raconta les heures qui avaient suivi sa fugue… et Junwoo fondit en larmes, inconscient jusqu'à présent de la mort de son père.

« Je suis désolé, pleura-t-il, je savais pas, je voulais pas provoquer ça.

— Tu n'y étais pour rien, le rassura madame Lee de qui les yeux brillaient de douleur. Et… j'étais aux côtés de ton père quand il a expiré. Il a pu parler un peu en dépit de sa faiblesse, et… J-Junwoo, il a dit qu'il était désolé, et qu'il t'aimait plus que quiconque. Il a terminé en souhaitant que tu vives heureux, peu importe avec qui.

— C'est vrai ?

— S'il avait pu en dire plus, je suis sûr qu'il l'aurait fait, mon ange. Mais il a dû se contenter de ces quelques mots. J'ai promis de les garder à l'esprit jusqu'au jour où je pourrais te les dire. Ton père est parti l'esprit serein, en souhaitant à son enfant le bonheur qu'il méritait.

— Papa… »

Madame Lee se leva de sa chaise pour serrer son fils dans ses bras. Junwoo n'arrivait pas à calmer ses sanglots tandis que tous ses plus agréables souvenirs d'enfance lui revenaient en mémoire, pareils à de douloureux aiguillons. Sa mère lui caressait les cheveux, le dos, lui murmurait des paroles réconfortantes, et Taeil, une fois qu'il eut débarrassé la table pour eux, remonta à sa chambre afin de leur laisser une véritable intimité.

Il entendit Junwoo pleurer de longues minutes durant, au point que de nouveau, il ne parvint pas à retenir une larme : en dépit de toutes les horreurs que son père avait pu lui cracher avant qu'il ne s'enfuie, Junwoo lui avait aussitôt pardonné, et désormais il ne gardait de lui que les plus doux souvenirs. Le père et le fils étaient en paix, réconciliés par-delà la mort parce que malgré la haine, l'amour demeurait plus fort, tellement plus puissant. L'affection réciproque d'un père pour son fils avait su réparer la confiance brisée par un mépris infondé.

C'était la plus belle chose que Lee Minhyuk ait léguée à Junwoo avant de périr : son approbation, son soutien, son amour.

Deux coups frappés à la porte de Taeil l'arrachèrent à ses songes.

« Oui ?

— Taeil-ah, tu peux venir au salon, s'il te plaît ?

— Bien sûr, j'arrive ! »

Il sortit pour suivre sa propriétaire, un nœud à la gorge du fait d'une inexplicable appréhension : maintenant qu'il avait réuni mère et fils... qu'allait-il advenir de lui ? Pourrait-il rester sous le même toit qu'eux ou bien désireraient-ils redevenir une famille, seuls dans leur cocon ?

« Assieds-toi, » sourit madame Lee en lui indiquant le canapé du menton – Junwoo s'y trouvait déjà, des traces de larmes encore visibles sur son visage angélique.

Il obéit sans un mot, l'estomac retourné par l'anxiété.

« Taeil-ah, je ne te remercierai jamais assez de m'avoir ramené mon fils. Mille mercis pour tout, je... il compte plus que tout à mes yeux.

— Je suis heureux d'avoir pu faire ça pour vous, affirma Taeil d'une voix faible.

— J'ai discuté avec Junwoo, et il a décidé de revenir habiter ici le temps de terminer ses études. Il est dans la même université que toi, juste à côté, alors c'est plus pratique.

— Et je continuerai mon petit boulot en parallèle, pour économiser et aider à payer les courses, indiqua Junwoo d'un ton timide.

— J'espère que ça ne te dérange pas, Taeil-ah. Mais je suis sûre que mon Junwoo et toi vous entendrez très bien. C'est un garçon merveilleux.

— Vous me l'avez décrit ainsi, oui, opina Taeil avec un regard affectueux à son cadet et un soulagement indescriptible. Je serais heureux de cohabiter avec lui également. Merci de me laisser partager encore votre quotidien.

— C'est bien le minimum que je puisse faire pour te remercier de l'avoir cherché sans relâche, affirma madame Lee émue. J'insiste, mais je ne te remercierai jamais assez. »

Taeil acquiesça, à court de mots pour exprimer sa propre gratitude et sa joie de voir la petite famille réunie. Il ne put néanmoins s'attarder : son cours de l'après-midi allait débuter. La mère et le fils ne s'éternisèrent pas non plus : madame Lee devait retourner à son travail après quelques retouches de son maquillage, quant à Junwoo, lui aussi devait se rendre à l'université pour plusieurs cours jusqu'au soir.

~~~

Cinq jours étaient passés. Junwoo, aidé par son ami Seuljae, avait rapporté ses quelques affaires chez sa mère et avait repris possession de sa chambre. Taeil ne jouait plus à Mario Kart, le soir, avec madame Lee. Elle discutait longuement avec son fils après le dîner, et leur locataire préférait les laisser bavarder. Il savait qu'ils avaient beaucoup à se raconter.

Ce soir-là, donc, Taeil arriva chez les Lee après la lune.

« Taeil-ah, où étais-tu ? lui demanda sa propriétaire en lui jetant un regard soucieux.

— Chez Jihwan et Yejun, pourquoi ?

— Je me suis inquiétée pour toi, j'ai cru qu'il t'était arrivé quelque chose. Tu ne rentres jamais si tard, d'habitude.

— Désolé, souffla-t-il en courbant la tête.

— Oh, mais Taeil, ne t'excuse pas, voyons. C'est moi qui ai été stupide, tu es un grand garçon, après tout. Tu as déjà dîné ?

— Non, pas encore.

— Ça tombe bien, on t'a laissé le nécessaire. Tout est dans le réfrigérateur, sers-toi.

— C'est très gentil, merci beaucoup.

— Taeil-ah ? l'interrompit-elle alors que le silence pesait depuis quelques secondes à peine.

— Oui ?

— Tout va bien ? Tu m'as l'air moins... moins enjoué qu'à l'accoutumée.

— Oui, ça va, c'est juste la fatigue. »

Ils échangèrent un sourire, elle grimpa à l'étage. Dans un soupir, Taeil s'installa à table et mangea seul. Il ne mangeait presque jamais seul. Dans son enfance, il mangeait avec sa famille, par la suite ces moment étaient partagés avec elle ou ses amis, puis juste avec Jihwan puisqu'ils vivaient ensemble. Taeil n'aimait pas manger seul.

On descendit les marches, mais il ne s'agissait pas de la démarche gracieuse et légère de madame Lee.

« Salut, osa Junwoo en entrant dans la cuisine.

— Salut.

— Ça va ?

— Oui, et toi ?

— Oui.

— T'as besoin de quelque chose ? s'enquit Taeil – Junwoo lui avait emprunté son gel douche, la veille, après lui avoir bien sûr demandé son autorisation, il imaginait donc une nouvelle requête du même genre.

— Non. J'avais juste laissé ça tout à l'heure, parce que je n'avais plus faim. Mais maintenant j'en ai envie. »

Il pointa du menton un petit bol recouvert de papier d'aluminium abandonné sur le coin de la table. Taeil leva un sourcil en l'observant attraper le récipient et le débarrasser de son chapeau métallique. Il s'y trouvait quelques fraises et des mochis. Taeil avait remarqué sa propre portion dans le réfrigérateur, qu'il se gardait pour le dessert.

Les deux étudiants mangèrent en silence, et bien qu'il s'agisse d'un silence gêné, il réconfortait l'aîné, soulagé de dîner avec quelqu'un. Junwoo mâchait si lentement que Taeil et lui terminèrent en même temps.

« Maman m'a dit que tu jouais souvent avec elle à Mario Kart, sur Wii. C'est vrai ?

— Oui, et elle est vraiment douée.

— Si tu la trouves douée, c'est que c'est toi qui es mauvais, répliqua le cadet dans le regard de qui brillait sa malice.

— Dans ce cas, allons vérifier qui de nous deux est le meilleur, le défia Taeil alors que son sourire s'agrandissait peu à peu.

— Ça marche ! »

Ils jouèrent... et Junwoo gagna haut la main, au grand désespoir de l'autre qui rivalisait enfin avec madame Lee. Retour à la case départ pour Taeil.

« T'inquiète, rit Junwoo, je t'apprendrai. »

Et il s'en retourna à sa chambre, le pas nonchalant, après un dernier regard empli de joie adressé à son nouvel ami.

~~~

Après une semaine, c'était devenu leur routine : après le dîner, Junwoo et Taeil s'amusaient ensemble sur la Wii jusqu'à ce que l'heure de se coucher approche. Junwoo en profitait pour passer un moment avec sa mère, et parfois il se rendait juste dans sa chambre et s'endormait. Taeil se sentait de mieux en mieux, intégré dans une famille qu'il chérissait. Madame Lee prenait soin de lui comme de son fils, et plus aucun problème d'argent ne minait cette jolie maison au jardin délabré, abandonné par sa propriétaire pendant deux ans et demi.

« Cet été, je tondrai la pelouse, soupira Junwoo alors que Taeil et lui buvaient une tasse de thé devant la fenêtre, c'est vraiment pas présentable.

— Je pensais pas que ça poussait si vite, l'herbe…

— Moi non plus. Et y a plein de mauvaises herbes aussi. Ça va être chiant.

— Je te donnerai un coup de main.

— Tu comptes rester longtemps, ici ? s'étonna Junwoo à sa remarque.

— Oui, le temps de mes études, pourquoi ?

— Oh pour rien, je me demandais juste si tu resterais à la fin de l'année scolaire.

— Ah. Bah ouais, si ça vous va.

— Moi je serais content que tu restes. »

Ils échangèrent un regard.

« Tu deviens pas trop mauvais à Mario Kart, marmonna Junwoo en détournant aussitôt les yeux.

— Pff, dis juste que tu m'aimes bien, c'est pas la mort. Moi je t'apprécie.

— C'est vrai ?

— Oui, t'es un mec cool, on s'amuse bien. J'ai envie de rester avec vous. »

Junwoo lui offrit un sourire d'une douceur candide. Ravi, son ami le lui rendit. Après quelques instants supplémentaires, ils retournèrent à leur partie qu'ils avaient suspendue quand madame Lee leur avait proposé une tasse de thé. Il n'était pas tard, mais c'était dimanche : personne ici ne travaillait, et les garçons avaient terminé les quelques devoirs donnés au cours de la semaine.

Ainsi, en début d'après-midi, on sonna. Taeil se hâta d'ouvrir à ses deux aînés, qui saluèrent madame Lee comme à leur habitude, avant de monter dans la chambre de leur cadet qui les y accompagna. Le couple n'avait pas eu l'occasion de rencontrer Junwoo, mais ça leur importait peu, tant que désormais ils le savaient heureux avec sa mère.

Les trois jeunes gens bavardèrent un long moment avant qu'on ne frappe à la porte de façon timide.

« Oui, entrez, lança Taeil.

— Euh... b-bonjour, maman m'a demandé de vous apporter ça. »

Junwoo tenait un plateau garni de quatre tasses de chocolat chaud accompagnées de biscuits. Taeil esquissa un rictus en comprenant l'idée qu'avait madame Lee derrière la tête.

« C'est gentil, Jun, sourit-il, tu vas nous aider à boire la tasse en trop ?

— Oh, non, je veux surtout pas vous déranger, refusa le garçon en plaçant son fardeau sur le bureau de la chambre. J'ai vu la quatrième tasse, mais je vais aller la boire dans la chambre pour pas vous déranger, je…

— Mais tu déranges pas, le coupa Jihwan avec son habituel sourire avenant. Moi c'est Jihwan, et lui c'est Yejun, mon colocataire. »

Le colocataire en question jeta un regard torve à Jihwan qui s'en moquait bien : concentré sur Junwoo, il l'invita d'un geste à se joindre à eux. Yejun se rapprocha de son petit ami au point de se coller à lui – ils se trouvaient sur le bord du lit. Taeil se décala aussi quand Junwoo finit par accepter de passer du temps avec eux. Installé auprès de Taeil, il se sentit rougir lorsqu'il se tourna vers lui pour discuter et que leur genou se toucha.

L'après-midi se déroula à merveille. À présent tous en tailleur sur le matelas de Taeil, les garçons bavardaient en riant, jusqu'à une phrase prononcée par Jihwan. Une phrase banale, pourtant.

« Avec mon coloc, on s'arrange toujours pour savoir qui paie les courses. »

Rien de spécial, sauf pour Yejun qui, agacé d'être devenu le simple colocataire de celui qu'il chérissait, lui attrapa les épaules et le renversa sur le matelas. Jihwan poussa un cri de surprise, cri qui fut avalé par son copain. Assis sur son bassin, Yejun s'était penché et embrassait désormais son cadet comme si sa vie en dépendait. D'abord paralysé par la stupeur, Jihwan céda très vite et enroula les bras autour de la nuque de son bien-aimé. Ils se séparèrent peu après.

« Pitié, souffla Yejun, arrête de m'appeler « mon coloc ».

— Compris, mon amour. »

Le regard de l'aîné s'illumina de joie, celui de son petit ami de tendresse.

« V-Vous… vous êtes ensemble ? bégaya Junwoo.

— Bah ouais, gamin, t'as quand même pas cru que j'embrassais Jihwan juste pour le fun…

— Non, non ! Je… ça m'a juste surpris !

— T'inquiète, sourit Jihwan, on sait que ça peut surprendre quand on s'y attend pas. Yejun-hyung et moi sommes ensemble depuis bientôt un an.

— Oh, félicitations ! »

Jihwan posa la tête sur l'épaule de son amant qui enroula un bras autour de sa taille, assis à ses côtés.

« Et toi, Tae, d'ailleurs, t'as trouvé quelqu'un ? reprit Jihwan.

— Je cherche pas vraiment…

— Et toi, Junwoo ?

— Pareil, je suis bien, seul.

— Je vous shippe…

— Pardon ? s'étouffa presque Taeil qui ne s'attendait pas à une telle remarque.

— Bah quoi, vous seriez trop mignons ensemble !

— T'as envie que je te chasse de la maison, toi… »

La remarque de son meilleur ami le fit pouffer, ce qui lui attira un regard affectueux de la part de Yejun – en vérité, quoi qu'il fasse, Jihwan s'attirait toujours un regard affectueux de son copain.

« On se fait un championnat de Mario Kart ? proposa tout à coup Taeil.

— D'où te vient cette idée, exactement ? s'enquit Junwoo.

— Je sais pas, je viens d'y penser. On a deux manettes, mais on peut toujours décider de faire un championnat, plusieurs combats en un contre un.

— Joli changement de conversation, ça mérite que j'accepte de relever le défi, » se moqua Jihwan.

Et puisque Jihwan accepta, Yejun se joignit à eux. Le reste de l'après-midi, ils le passèrent dans le salon à s'amuser, à s'encourager et tenter de se déconcentrer. Quand les deux aînés s'en allèrent, Junwoo et Taeil, au lieu de se séparer, s'assirent sur le canapé.

« Tes amis sont très sympas, sourit le benjamin, et très drôles !

— Oui, ils vont bien ensemble, ils forment un sacré duo.

— Et… ça te gêne pas qu'ils… qu'ils soient en couple ?

— Bah non, pourquoi ?

— C'est deux garçons.

— Ah bon ? Merde, on m'aurait donc dupé tout ce temps ? demanda Taeil avec un air exagérément surpris.

— Arrête de faire l'idiot, tu sais ce que je veux dire, gloussa Junwoo.

— Je sais. Et je m'en fous. Limite je suis jaloux de Yejun. Jihwan a des lèvres magnifiques, et il embrasse très bien.

— P-Pardon ? bégaya son ami en ouvrant de grands yeux consternés.

— Oh la la, fais pas l'étonné. Jihwan et moi on avait quinze ans, on voulait savoir ce que ça faisait d'embrasser un mec, du coup on s'est embrassés, c'est tout.

— T'as embrassé Jihwan !

— Ouais. Notre premier baiser à tous les deux.

— Alors, t-toi aussi…

— Non, pas gay. Bi. Et toi ? J'ai cru comprendre que ton genre, c'était plutôt les hommes…

— Oui…

— Fais pas cette petite moue tristounette, t'es bien plus mignon quand tu souris, affirma Taeil d'un ton affectueux. Je te jugerai jamais, et Jihwan et Yejun non plus. Ils sont parfois un peu idiots, mais ils sont matures et réfléchis. Ils détestent les clichés, les idées préconçues. C'est aussi pour ça qu'ils vont bien ensemble. Deux libres-penseurs qui se moquent du regard que la société pose sur eux.

— Ils sont courageux… et mignons.

— Surtout mignons, oui. Yejun est un garçon distant, voire froid, à cause de sa timidité. Mais quand il est avec Jihwan… toute la glace fond pour révéler un cœur qui brûle d'amour. Leur couple est magnifique.

— C'est touchant… Et toi, t'as déjà été en couple ?

— Non, ma seule histoire d'amour, c'est celle que je vis avec les mochis que prépare ta maman. Une vie sentimentale bien plate… mais avec les études, j'ai pas vraiment le temps de chercher l'âme sœur.

— Oh, je vois. Moi c'est pareil.

— Au sujet des mochis de ta maman ?

— Non, rit Junwoo. Au sujet de la platitude de ma vie sentimentale. J'avais espéré qu'en entrant à la fac, ça change, mais… j'ose déjà pas aller vers mes camarades, alors leur demander s'ils préfèrent les garçons ou les filles… c'est mort. »

Taeil acquiesça. Il se surprit à trouver Junwoo très attirant avec ses piercings et son tatouage sauvage. Le petit garçon sur les photos de madame Lee était bel et bien devenu un homme, et un homme tout à fait désirable.

~~~

« Junie, je suis rentré ! »

Taeil poussa la porte de la chambre de son cadet qui sursauta, occupé à son bureau à un devoir.

« Mais ça va pas ou quoi ! J'ai failli faire une crise cardiaque ! s'insurgea-t-il.

— Mais t'es toujours en vie, répliqua Taeil.

— Ça se fait pas d'entrer dans la chambre des autres comme ça. Si j'étais en train de me changer, t'aurais fait quoi ?

— J'aurais profité du spectacle. »

Le regard dépité de son ami l'amusa d'autant plus.

« Oh ça va, y a pas mort d'homme, du calme, Jun, je plaisantais. On va se faire une partie de Mario Kart ?

— Euh… ouais, si tu veux. T'as pas du boulot ?

— Non, et toi ? »

Junwoo jeta un œil à son dessin.

« J'ai largement le temps, je le finirai plus tard.

— Trop bien ! Allez, vite ! »

Surpris par l'inhabituelle impatience dont témoignait son ami, Junwoo obéit sans répliquer. Ils descendirent au salon où ils s'installèrent sur le sofa. Un mois déjà qu'ils jouaient chaque soir...

Chacun attrapa sa manette, ils allumèrent la console, et pendant que le jeu chargeait, Taeil esquissa un rictus espiègle.

« Jun, si on choisissait un gage pour le perdant ? Juste pour la première course.

— Ouais, si tu veux.

— D'acc. Alors, si je perds, quel sera mon gage ?

— Je veux ton dessert.

— Oh non, pas mes mochis d'amour ! geignit Taeil avec un regard à vous fendre l'âme.

— Si. Et toi, si je perds, quel gage tu voudras me donner ?

— Je veux que tu m'embrasses sur la joue. »

Junwoo s'empourpra tout à coup et déglutit.

« Mais, hyung, j-je...

— Oh, accepte, c'est rien, après tout : je perds toujours, tu risques rien. »

Junwoo acquiesça. Et puis s'il perdait... il ne s'agissait que d'un baiser sur la joue, rien de plus. Une question néanmoins lui trottait dans la tête, et tandis qu'il sélectionnait son personnage avec une moue distraite, il se mordit la lèvre. Vint le choix du circuit.

« Hyung...

— Oui ?

— Pourquoi mon gage, c'est... ça ?

— Parce que tu me plais, Junwoo. »

L'écran s'assombrit lors du fondu sur le circuit pour lequel ils avaient opté.

« Hein, j-je... attends, quoi ? »

Junwoo rata son départ. Dans un juron qu'il cracha d'un ton énervé, il démarra avec un léger retard. Rouge de honte, le jeune homme se dépassa, et dépassa surtout ses concurrents un à un avant de rejoindre le peloton de tête. Taeil le devançait de peu, et déjà le troisième tour débutait. Junwoo, refusant l'idée de perdre à cause de ce fichu mauvais départ, esquissa un sourire quand il reçut une carapace rouge. Il roulait en troisième position, au coude à coude avec le deuxième, un joueur de l'IA qu'il doublerait au prochain virage.

Sans surprise, il réussit son coup. Devenu deuxième, il projeta son bonus. Taeil voyait la ligne d'arrivée approcher. Il avait utilisé ses dernières peaux de banane pour éviter les objets lancés depuis le tour précédent, désormais il se trouvait à portée de tir. Avec une grimace, il tenta d'esquiver le projectile dans un virage qui plaça un mur dans la trajectoire de l'attaque de Junwoo... astuce qui fonctionna !

Junwoo jura de nouveau, et Taeil savourait déjà son triomphe quand une alerte clignota au bas de son écran. Quelques instants plus tard, au bord de la victoire, Taeil fut frappé par une carapace bleue, inévitable pour lui qui ne possédait plus le moindre bonus.

Junwoo le rattrapa, lui passa devant, et franchit le premier la ligne d'arrivée dans un cri de joie.

Taeil, qui paraissait s'amuser jusque-là, se rembrunit. Que Junwoo gagne lui importait peu, mais le voir si soulagé de l'avoir vaincu... ça le blessait. En remarquant que son ami semblait sur le point de l'abandonner pour retourner à sa chambre, Junwoo se mordit la lèvre inférieure – un tic adorable aux yeux de son aîné, puisque ça attirait toujours son regard sur sa jolie bouche.

« Hyung...

— Je te donnerai mon dessert, je sais.

— Non, je voulais juste dire que... sans cette carapace, t'aurais gagné, et... tu t'es clairement amélioré depuis la première fois qu'on a joué, alors... enfin, tu comprends, t'as été en tête tout au long de la course... donc je considère que c'est toi qui as le plus grand mérite. C'est moi qui dois recevoir un gage. »

Taeil tourna ses yeux surpris sur son cadet, qui pour sa part n'osait pas relever la tête.

« T-T'es sûr ? s'étonna l'aîné. Je croyais que... que t'avais pas envie. »

Junwoo haussa les épaules.

« Dans ce cas... tu peux réaliser ton gage, » marmonna Taeil qui s'empourpra à son tour.

Son ami acquiesça, reposa sa manette et approcha. Désormais tout près de lui, il déglutit et se hâta de presser un innocent petit baiser sur la joue de son aîné, de qui il s'écarta juste après.

« Bravo pour ta victoire, hyung.

— Jun, pourquoi t'as fait... ça ? »

Junwoo osa enfin croiser son regard.

« Parce que tu me plais aussi, hyung.

— Viens là, s'il te plaît. »

Taeil tapota ses cuisses. Junwoo, mort de honte mais incapable de refuser, s'exécuta. Il s'assit dans un mouvement timide face à lui, sur lui, et Taeil l'incita à relever la tête à l'aide d'un simple geste de la main.

« Je t'aime, Junwoo.

— M-Moi aussi je t'aime, hyung.

— Tu voudrais bien sortir avec moi ?

— Oui.

— Je peux t'embrasser ?

— Oui. »

Ils s'avancèrent l'un vers l'autre, leur cœur tambourinant de manière exquise dans leur cage thoracique, et enfin leurs lèvres se caressèrent, se rencontrèrent, s'aimèrent. Ils échangèrent d'abord un baiser, innocent, puis un second, similaire, et une multitude d'autres dont ils raffolèrent comme du premier. La passion déferlait dans leurs veines comme de la lave sur le bord d'un volcan en éruption – une lave brûlante mais savoureuse.

Leurs deux bouches se frôlaient à peine quand une voix s'éleva depuis l'entrée de la pièce.

« Alors Taeil-ah, qui c'est qui avait raison ?

— Bien vu madame Lee, j'avoue que l'idée du gage sur Mario Kart, c'était une idée brillante, gloussa Taeil en caressant la joue de son petit ami.

— Hein ? Maman ! C'était ton idée ? s'insurgea son fils en levant un visage mortifié vers elle.

— Oh pitié, vous vous tourniez autour comme deux idiots depuis des jours, il fallait bien un petit cupidon pour vous donner un coup de pouce, soupira sa mère dans un haussement d'épaules. Allez, les amoureux, à table, le dîner est servi. »

Et elle s'en alla.

Junwoo en resta muet de stupeur avant de reporter son regard outré sur son copain.

« J'en reviens pas, t'as comploté avec ma mère.

— Pour ma défense, c'est elle qui est venue me voir ce matin pour me proposer l'idée, moi j'ai juste mis en pratique… mais dans son scénario, ma déclaration te perturbait assez pour que je gagne la course. Enfin peu importe, puisque le résultat est là. Je t'aime, Lee Junwoo.

— Idiot…

— Tu veux pas me dire que tu m'aimes ?

— Si, si… moi aussi, je t'aime, hyung. »

Un nouveau baiser fut échangé, suivi d'une tendre étreinte.

Table des matières

Avant-propos 9

Au-delà des apparences.. 11

Le voisin d'en bas 53

Cherche locataire 103

Table des matières 179